PAR

OCTAVE PRADELS

ILLUSTRATION DE

E. BERNARD, IMPRIMEUR-ÉDITEUR, PARIS

1905

La Muse Gaillarde

COURBEVOIE

IMPRIMERIE E. BERNARD

14-15, RUE DE LA STATION, 14-15

NOUVELLE SÉRIE

N° 1

La Muse

Gaillarde

PAR

Octave Pradels

ILLUSTRATIONS DE JAPHET

PARIS
E. BERNARD, IMPRIMEUR-ÉDITEUR
29, Quai des Grands-Augustins, 29
SUCCURSALES
1, Rue de Médicis, 1 | *Galeries de l'Odéon, 8-9-11*
1905

AVANT-PROPOS

La Muse gaillarde c'est la Gaudriole.

Qu'est-ce que la Gaudriole ?

Ouvrez le premier dictionnaire venu et vous lirez :

« Gaudriole, propos gai et un peu libre ».

Et c'est l'art d'accommoder les propos gais et un peu libres, dans la forme propre à leur génie particulier, qui permit aux peuples anciens et nouveaux de rire à ventre déboutonné pendant les entr'actes du drame humain et de sucrer ainsi, avec le miel de la gaîté, l'amer chiendent de leur existence.

La Gaudriole est vieille comme le monde.

Le serpent du Paradis n'est qu'un mythe; tout fait croire que Satan n'était qu'un conteur de gaudrioles et qu'il en insuffla une si drôle, si émoustillante à Eve endormie, que celle-ci éprouva aussitôt le désir d'entendre son mari lui expliquer — bien avant Newton, Laplace et Camille Flammarion — le système de l'attraction et de la gravitation des corps.

Voyez-la à travers les âges..... tous ceux qu'elle a touchés de son joyeux grelot sont devenus les héros des peuples et les favoris de la légende.

L'Olympe tout entier, Jupiter en tête, était soumis à sa marotte.

De tout temps elle a été toute puissante.

Hercule terrasse des lions, des hydres, des sangliers, rien qu'en soufflant dessus; en un tour de main il vous nettoie les égouts collecteurs d'un roi malpropre d'alors, nommé Augias; mais il est vaincu, lui, par la Gaudriole qui pétille dans les yeux d'Omphale et qui lui chante ses refrains irrésistibles.

Si Salomon a été et est resté célèbre croyez-vous que c'est pour avoir eu l'idée de s'ériger en tribunal et de faire débiter un petit citoyen sous le prétexte que ça lui rendrait une mère ?

Non.

Ce truc ingénieux lui vaudrait tout au plus le titre d'inventeur de la voix du sang.

Si Salomon a été surnommé le sage, c'est parce qu'il s'est offert un millier de femmes pour meubler son palais. Oh! la morale était sauvegardée... Il y en avait sept cents de légitimes.

Et le fait de s'être attaché un millier d'épouses, amenées de toutes les parties du monde (afin sans doute d'en voir de toutes les couleurs), ce fait indique un esprit supérieur, c'est-à-dire un esprit hanté par la Gaudriole.

Et chez nous, est-ce que Henri IV est resté fameux pour avoir gagné des batailles et pris des villes ? Non.

C'est parce qu'il a chanté toute sa vie :

J'aime mieux ma mie, ô gué !

c'est parce qu'il courait le guilledou, buvait comme quatre, faisait une consommation formidable de sujettes et aimait à emporter d'assaut certaines bastilles dont la prise ne dépeuplait pas son royaume... au contraire.

S'il est devenu le plus populaire de nos rois, c'est moins pour avoir écouté les conseils de Sully que ceux de la Gaudriole.

Les philosophes de l'Antiquité et les pères de l'Eglise ont dû beaucoup de leurs inspirations à la Gaudriole, mais ils ont eu l'ingratitude de ne pas la célébrer dans leurs écrits.

Elle a régné dans toutes les régions, sous tous les climats, mais c'est le bon pays de Gaule qu'elle a choisi entre tous pour sa terre d'élection.

Lisez les historiens qui se sont occupés de nos grands aïeux les Gaulois.

Ils nous les montrent insouciants, braves, hospitaliers, toujours riant, toujours chantant; et, comme on ne rit pas en chantant des cantiques, il est hors de doute que la Gaudriole inspirait leurs chansons.

Pendant la longue période des invasions germaniques, ils

ont dû taire leurs joyeusetés, étouffées sous le joug teuton, mais quand le sang des barbares s'est noyé, a disparu dans les flots du sang gaulois, les gais conteurs de gaudrioles ont reparu et revivifié l'esprit naïf.

Pendant que les troubadours, poètes du Midi, dont l'idéal est le guide, chantent la femme rose, le ciel vermeil, le flot d'azur, l'étoile d'or, — toute la gamme des couleurs lyriques — les trouvères, poètes du Nord, vrais fils des Gaulois, chantent les réalités de la vie, et, avec l'aide de la Gaudriole, se hâtent — bien avant Beaumarchais — de rire de tout, de peur d'être obligés d'en pleurer.

Du XIe au XIVe siècle, les Ruteboeuf, les Jean de Boves, les du Hamel et cent autres joyeux trouvères enchâssent la gaîté Gauloise dans des fabliaux exquis.

Ils daubent sans pitié, sur tout, en satiriques verveux, mais avec un sens très exact de la vérité, de la nature.

Ils sont les créateurs de l'école du bon sens.

Ils sont les précurseurs, les aïeux de nos grands Gaulois : Rabelais, Mathurin Régnier, La Fontaine, Molière, Voltaire. Aussi l'Etranger nous les a-t-il pris, nos fabliaux : l'Espagne les a imités, l'Allemagne les a traduits ou plutôt travestis et

Boccace, sur les rives de l'Arno, a transporté les joyeux récits qu'il avait entendus au bord de la Seine, où il habita longtemps.

Nous avons fourni du rire gaulois à l'univers entier et, Dieu merci ! le stock en est encore immense dans notre beau pays.

Il nous en reste tant qu'il en faudra pour chasser les brouillards de mélancolie dont les actuels Schopenhauers voudraient obscurcir notre riant ciel de France.

* * *

Le fabliau disparaît et devient la farce dialoguée qui dure environ deux cents ans ; puis, vers la fin du xve siècle, les contes en prose, les joyeux devis surgissent : Louis XI, Rabelais, la reine de Navarre, et une pléïade de gais conteurs règnent sur notre littérature.

Plus tard, avec La Fontaine, renaîtra le conte en vers, successeur plus direct du fabliau, et tout le xviie siècle et tout le xviiie en seront remplis.

Le xviiie siècle est le temps chéri de la Gaudriole, avec

ses bergeries, ses pastorales grivoises et ses chansonnettes qui plaisaient tant à nos grands pères !

En ce temps-là, dans les chansons, les bergères avaient des bas blancs bien tirés sur des mollets faits au tour et des houlettes dorées pour conduire des brebis enrubannées dont on ne devait pas oser convoiter les côtelettes.

C'était toujours sur l'herbette — ou plutôt sur la fougère, qui rimait mieux avec bergère — que s'égrenaient leurs illusions, avec la collaboration intelligente et active de Colas ou de Colin, de Lucas ou de Sylvain, lesquels avaient des vestes coquettes en velours et des escarpins à boucles d'argent, que l'Opéra-Comique a soigneusement collectionnés après leur mort.

Dans la chanson actuelle, la bergère n'a plus de bas blancs... elle n'a même plus les pieds blancs. Elle va mal affiquée, mal peignée, dans la crotte des chemins.

La fougère, où s'envolaient les innocences à la Watteau et à la Greuze est remplacée prosaïquement par le foin des granges et la naïve enfant, au lieu de chanter à la tendre mère assise au seuil de la chaumière et filant sa quenouille :

Ah ! le bel oiseau, maman,
Qu'Alain a mis dans ma cage !...

dit tout bonnement à l'auteur de ses jours, aussi mal peignée qu'elle et qui est en train de laver la vaisselle :

C'est le fils au pèr' Thomas
Qui m'a mis' dans c't' état là !

La tendre mère, au XVIIIe siècle, continuait à filer sa quenouille et répondait à la jouvencelle, coupable d'avoir eu un moment de curiosité :

Ah ! quelle triste destinée
Nicette, ta rose est fanée.

La mère, dans la chanson d'aujourd'hui, commence par battre sa fille à tours de bras et finit ses reproches par ce refrain philosophique :

Après tout, ma fill', tant mieux !
Tu d'viendras nourric' sur lieux.

Dans les pastorales inspirées par la Gaudriole, il est d'usage qu'au départ de la bergère, au moment où elle quitte la chaumière pour mener ses brebis au pré voisin, sa mère lui recommande de prendre garde au loup qu'on a vu rôder dans la forêt voisine.

Or, le loup ne se montrera jamais, mais le berger surviendra toujours.

Les moutons reviendront sains et saufs, la pastourelle seule aura été croquée.

La locution populaire : « Elle a vu le loup », veut dire : « Elle a vu le berger ».

Ce loup là est de même essence que le rossignol chanté par Boccace et La Fontaine, et dont la jouvencelle aimait tant à écouter la mélodieuse romance, alors que la nuit s'étoilait et que papa et maman dormaient du sommeil des justes.

Et le bel oiseau s'envolait dès que l'aurore orangeait l'horizon... sauf au malencontreux matin où, fatigué des *bis* que lui avaient valu ses admirables vocalises, il s'endormait et s'oubliait dans le lit parfumé.

Et alors, rossignol et mélomane étaient surpris... les

larmes coulaient... les protestations de repentir répondaient aux cris de colère... et tout finissait par un bon mariage.

On avait bien, par la suite, la liberté de chanter des duos toute la journée: mais, pour ce genre de musique, il y avait moins de plaisir sans la gêne, paraît-il, et les morceaux semblaient plus fades quand ils étaient visés auparavant par la censure ecclésiastique ou paternelle.

Gredins de bergers! En ont-ils fait envoler, pendant deux siècles, de ces chapeaux de bergerettes par-dessus tous les moulins de France!

.˙.

« Honny soit qui mal y pense ».

Cette devise que les Anglais nous ont prise, — par ce besoin de prendre qui est leur caractéristique, comme la gaîté est la nôtre — cette devise était celle de tous nos vieux conteurs.

Elle est la mienne.

Ma muse gaillarde est née sur cette bonne terre gauloise d'où jaillit le vin de pourpre, le vin qu'elle aime à chanter, qui met en branle son joyeux grelot et dont les fumées généreuses font si hardiment pencher son bonnet sur l'oreille.

Elle m'a dicté ces contes et je les ai écrits avec la même sérénité de conscience que dut avoir Bernardin de Saint-Pierre enfantant Paul et Virginie.

J'ai fait œuvre de gaîté, voilà tout.

Un éminent magistrat m'a dit un jour que mes vers avaient toujours provoqué le rire chez lui, mais jamais une idée lubrique.

C'est le plus bel éloge qu'on ait pu me faire.

Vive donc cette dixième Muse! comme l'appela Charles Colmance, un de nos meilleurs chansonniers, disparu d'hier et déjà presque oublié.

Et je ne peux mieux terminer qu'en citant tout au long sa célèbre chanson, qui me semble être la préface explicative, tout indiquée, de ce livre :

UNE DIXIÈME MUSE

PAR CHARLES **COLMANCE**

REFRAIN :

Pour bien distiller la vie,
Enfants cueillez tour à tour
A ma guirlande fleurie
Des jours de folie
Et des nuits d'amour !

Quoi ! votre porte m'est fermée ?
Accueillez-moi, joyeux garçons,
J'ai plein ma jupe parfumée
De vins, de fleurs et de chansons.
Aux accents de ma voix aimée
Vos accents répondront, je croi...
Pan, pan, pan, pan, ouvrez-moi ! (*Bis*).
Pour bien distiller la vie, etc.

Ouvrez, c'est moi la Gaudriole
La fée au regard effronté :
Pour vous j'ai mis, joyeuse et folle,
Sagesse et bonnet de côté.
Des pampres de mon auréole
J'ai paré plus d'un front de roi !
Pan, pan, pan, pan, ouvrez-moi ! (*Bis*).
Pour bien distiller la vie, etc.

Je naquis, cynique et profane,
Priape encensa mon début
Et la barbe d'Aristophane
Fournit des cordes à mon luth.
Nymphe, Bacchante ou Courtisane,
J'ai mis l'univers sous ma loi !
Pan, pan, pan, pan, ouvrez-moi ! (*Bis*).
Pour bien distiller la vie, etc.

Je suis la chanteuse fantasque
Qui, de la taverne au palais,
Portait sur son tambour de basque
Le bréviaire de Rabelais.
De ses grelots et de mon masque
Par lui j'ai fait un rude emploi !
Pan, pan, pan, pan, ouvrez-moi ! (*Bis*).
Pour bien distiller la vie, etc.

Je suis la Muse dissolue
Que chiffonnait le vieux Scarron.
Chez Grécourt j'étais presque nue
Et sans chemise avec Piron.
Si je suis un peu mieux vêtue,
Béranger vous a dit pourquoi !
Pan, pan, pan, pan, ouvrez-moi ! (*Bis*).
Pour bien distiller la vie, etc.

Dans les champs glanés de la veille
Courant de sillons en sillons,
J'ai trouvé le miel de l'abeille
En poursuivant des papillons.

Ouvrez ! j'ai comblé ma corbeille
D'un bien gentil butin, ma foi !
Pan, pan, pan, pan, ouvrez-moi ! (*Bis*) (*).
Pour bien distiller la vie, etc.

C'est un pur bijou que cette chanson.
Vive la gaîté gauloise ! et foin des censeurs pudibonds !

Octave PRADELS.

(*) Les chansons de Colmance sont en vente chez Marcel Labbé, éditeur, 20, rue du Croissant.

MON ÉGLISE

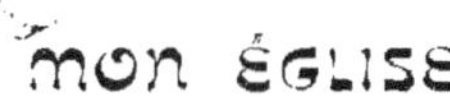

Elle n'a pas l'aspect des hautes cathédrales
Qui dressent vers le ciel des tours et des spirales
Et des clochers ornés de croix...
L'Église que je chante est une humble chapelle
Sans vitraux et sans nef, et qui plutôt rappelle
Un ermitage au fond d'un bois.

Deux colonnes de marbre en soutiennent le faîte ..
— D'un marbre blanc rosé qui met les yeux en fête,
D'un marbre éblouissant et doux. —
Le style en est si pur que, ni la Renaissance,
Ni les Grecs — chez qui l'art était Grâce et Puissance, —
Ni les Maures, ni les Hindous

⁂

N'en ont eu de pareil dans leur architecture ;
Car son créateur fut la maîtresse Nature
Qui, par un matin souriant,
Jalouse d'abaisser l'artiste, son émule,
En chercha le secret, en trouva la formule
Dans une aurore d'Orient.

⁂

L'autel qui les surmonte est encadré de mousse
Et le tabernacle, où la lumière s'émousse,
Semble de rubis incrusté...
Au seuil viennent mourir tous les bruits de la terre...
C'est dans la nuit qu'on y célèbre le Mystère
Auguste de l'Humanité !

⁂

Le rite en est ancien — datant du premier Être
Mais, étant à la fois son fidèle et son prêtre,
Je l'agrémente chaque soir.
Je suis l'officiant qui croit et sacrifie...
Toute religion, toute philosophie
Se condense en mon encensoir.

⁂

Quand l'heure de prier sonne, mon cœur palpite,
Ma tempe bat plus fort, mon sang se précipite,
La fièvre me prend tout entier...
D'un œil extasié, ravi, je la contemple,
Et c'est en frémissant qu'à la porte du temple
Je mets le doigt au bénitier.

Lentement, lentement, je célèbre la messe,
Cependant que tout bas je me fais la promesse
De recommencer l'*Introït*
Aussitôt qu'il faudra que la clochette tinte
L'*Ite missa est* : mais souvent ma voix éteinte
Réclame un moment de répit.

⁂

Et je reste penché vers les saints de l'Eglise
Où je m'essaye alors à quelque vocalise,
A quelque accord réparateur.
Jusqu'à ce que ma voix, forte redevenue,
Entonne de nouveau, d'une seule tenue,
L'Alleluia du Créateur !

⁂

Seul, je dessers l'Eglise et n'y veux reconnaître
Aucun autre fervent : s'il me plaît, je pénètre
A toute heure en l'enclos sacré...
Je courbe mon orgueil sous la loi du cantique...
Rempli d'humilité je quitte le Portique
Et je n'en sors qu'ayant pleuré !

⁂

Je n'ai pour m'assister dans les messes secrètes
Que deux enfants de chœur qui tiennent les burettes
Où je puise le sacrement.
Et, pendant qu'enivré je recueille l'hostie,
Ils s'amusent tous deux près de la sacristie
Et m'attendent patiemment.

⁂

Oui, l'Eglise que j'aime est le bonheur du monde !
C'est la seule orthodoxe et la seule féconde...
Je veux la chanter nuit et jour
Malgré les vertueux, les austères perruques,
Les grincheux, les cafards, les sots et les eunuques,
Tous ces constipés de l'Amour !

Je la tiens pour sacrée en mon âme ravie !
Elle est pour ma Raison l'excuse de la Vie ;
Je la chanterai, Dieu puissant !
Jusqu'à l'heure attristée où, tremblante, incolore,
Ma main ne pourra plus, vers l'autel qui l'implore,
Tendre le cierge frémissant !

L'ENVOUTEMENT

Autrefois, quand on en voulait à quelqu'un, on priait une sorcière, moyennant finances, de lui jeter un sort. Aujourd'hui, depuis le Sâr Péladan, ça ne s'appelle plus un sort, mais un envoûtement. On n'ensorcèle plus... on envoûte.

Il y a huit jours un de mes amis, qui sait que je m'occupe de magie noire et de sciences occultes, et que l'envoûtement n'a pas de secrets pour moi, vient me trouver.

— Tu vas me rendre un service.

— Avec plaisir... Lequel ?

— Tu vas envoûter ma belle-mère.

— Comment ça ?

— Ecoute... tu ne la connais pas... c'est une femme charmante pour tout le monde, excepté moi. Elle est encore jeune, séduisante et capable de me faire la crasse de se remarier un de ces jours, rien que pour ruiner mes espérances... et elle m'exècre. Toute la journée — car elle demeure avec nous — elle crie comme une aveugle qui a perdu son caniche. Je deviens sourd et fou !

— Tu veux la faire mourir ?

— Oh ! non... seulement la punir... je t'en prie, mets ta science à mon service... Rends-là muette !

— Comment ! tu voudrais...

— Oh ! pour quelques jours seulement : tu peux la désenvoûter quand tu voudras, n'est-ce pas ?

— Oui, il suffit de quelques passes... quelques attouchements sur la partie envoûtée.

— Eh bien ! alors, ne me refuse pas.

— Soit ! apporte-moi un objet quelconque avec lequel elle touche sa bouche journellement... et je combinerai une préparation diabolique pour la rendre, sinon tout à fait muette, du moins aphone.

Mon ami part en courant. Une demi-heure après il m'apportait une boite de poudre de riz avec une houppe dedans.

— Parfait !

J'allume mon réchaud. Je combine dans une casserole les ingrédients nécessaires à l'envoûtement. Oh ! c'est bien simple... Vous prenez une échalotte retour des Indes, trois poils d'un lapin blanc qui a perdu sa virginité pendant une éclipse de lune, quatre grains de café vert cueillis par une négresse non vaccinée, un œil de perdrix rouge tuée avec du plomb n° 7, dix centimètres de macaroni acheté par une concierge hydropique, et le lacet rose d'un corset noir oublié par une jeune mariée dans le fiacre n° 1313.

Je laisse mijoter et réduire pendant un heure et... ça y est. Je trempe la houppe à poudre de riz... je la fais sécher et je remets le sortilège à mon ami, qui part enchanté.

Quatre jours après, je le vois entrer comme un ouragan et s'affaler dans mon fauteuil en s'écriant :

— Eh bien ! nous en avons fait de belles !

— Quoi donc ? ça n'a pas opéré ?

— Au contraire... mais, imbécile que je suis !...

Et il s'épongeait le front ruisselant d'angoisse.

— La poudre de riz et la houppe... elle ne s'en servait pas pour le visage...

— Ah ! bah !

— Comprends-tu ?... et ça a opéré cruellement, mais pas au Nord... au Sud...

— Diable !

— Depuis... c'est épouvantable !... elle crie comme une possédée... ça ameute les passants... les médecins se succèdent... ils sont impuissants et n'y comprennent rien... Elle a déjà absorbé une livre d'aloès et un hectolitre de queues de cerises... rien... rien. Il y a un quart d'heure, poussé par le remords, je lui ai tout avoué. Elle m'a dit d'un ton sec, effrayant pour l'avenir : « Allez me chercher votre sorcier... ou je me tue... et je dis que c'est vous qui m'avez assassinée !... » Je t'en supplie, viens la désenvoûter.

— Comment ! tu veux que j'aille faire...

— Je t'en conjure... d'ailleurs tu verras... elle est très bien encore... tu ne t'embêteras pas...

Voulant réparer le mal dont j'étais l'auteur involontaire, je suis mon ami. Nous arrivons. Il me pousse dans un boudoir en criant : « Le voilà ! » et puis il se sauve.

Je vois la victime. Il avait raison... elle était encore très bien... dodue à point, pile et face... un œil superbe... et cætera, et cætera, superbe.

J'ouvrais la bouche pour m'excuser. Elle m'arrête d'un noble geste et me dit :

— Faites tout ce que la science vous commande... la guérison d'abord, la vengeance après...

— Mais c'est qu'il faut que...

— Je sais... faites... la femme est habituée à souffrir... je souffrirai...

Elle souffrit peu... Je suis très savant.

Trois heures après, mon ami inquiet frappait à la porte.

Césarine — c'est le nom de la martyre désenvoûtée — lui ouvrit, et, me prenant par la main, lui dit avec un sourire radieux de vengeance satisfaite :

— Monsieur mon gendre... je vous présente votre futur beau-père.. il m'épousera dans un mois.

— Vous dites ? fit-il stupéfait.

— Oui, ajouta-t-elle, car lui, il a su trouver le chemin de mon cœur.

— Sapristi ! hurla mon ami, votre cœur. . eh bien ! vous ne l'avez pas bien haut placé !

Et voilà comme quoi j'épouse dans un mois la belle Césarine.

Si vous avez quelqu'un à faire envoûter, je vous en prie, recommandez-moi.

LES DESHÉRITÉS

Les organes du corps se disputaient entr'eux
— « Moi je règne sur vous, je suis votre maîtresse,
(Disait la Bouche) à moi les repas savoureux ;
Mon palais délicat rend les hommes heureux,

Et ma lèvre détient la suprême caresse. »
— « Vous vous vantez, ma chère, à coup sûr ! (dit le Nez)
Sans moi tous les humains sont des infortunés
Ignorant le parfum des iris et des roses.
« Ah ! ah ! ah ! les poseurs !... voyez le sot orgueil !
Sans mon concours, amis, vos destins sont moroses,
Vous agissez par moi, je suis tout, je suis l'Œil ! »
Puis la Jambe parla... la Main vanta son rôle...
Le Pied moqueur traita le bas du Rein de drôle !
Et la dispute allait s'acharnant. Tout-à-coup !
Une voix s'éleva, hautaine, impérieuse :
— « Paix ! manants ! la folie est trop prétentieuse
Quand je suis là !... Morbleu ! vous me poussez à bout !
Qu'êtes-vous ? des chétifs me servant... des esclaves
Créés pour moi... Je suis le Maître incontesté,
Le signe ardent et fier de la virilité
Par qui les fous désirs brûlent tout de leurs laves ;
Je donne le bonheur ! Je suis Roi ! Je suis Dieu !
Et c'est pourquoi du corps j'occupe le milieu,
Comme un coquelicot émergeant d'une gerbe ! »

Chacun se tut, par tant de maîtrise, ébloui,
Et contempla, penaud et vaincu, le Superbe
Qui dressait, orgueilleux, son chef épanoui.
Un silence profond succédait à l'orage.
Soudain on entendit un soupir déchirant...
Puis un autre... et deux voix murmurèrent : » Tyran ! »
Le Superbe bondit, étonné, sous l'outrage !
C'étaient ses deux suivants ; deux esclaves jumeaux
Qui, sous lui, révoltés, balançaient en cadence,
Et, ne pouvant briser leur triste dépendance,
Disaient, d'un ton plaintif, à l'auteur de leurs maux :
« Oui, tyran !... car tous deux soumis à ton empire,
Depuis le premier jour notre sort est le pire.
A toi tous les bonheurs, à toi tous les plaisirs,
A toi les voluptés, les baisers, les caresses...
Et c'est nous qui pourtant, au gré de tes désirs,
Elaborons sans fin l'agent de tes ivresses.

C'est nous qui te portons, alors que tu t'endors
Au sortir de l'orgie, épuisé de fatigue...
Et nous sommes la bourse où tu puises, prodigue !
Jamais d'air, de soleil. . Quand parfois tu te sors
Pour... ce que tu sais bien, tu nous laisses dans l'ombre :
Et nous nous écrasons dans notre réduit sombre !
Crois-tu donc qu'il soit gai d'être ainsi les témoins
Passifs du jeu d'amour, en quel lieu qu'il te plaise ?
Pendant que toi tu vas, t'escrimant bien à l'aise,
Nous roulons éperdus, meurtris aux coins de chaise,
Eraflés par les draps ou piqués par les foins !...
Nous maigrissons de jour en jour, mais que t'importe !
Tu t'inquiètes bien du sort de tes valets !
Quand tu franchis le seuil de tes roses palais
Tu nous laisses toujours, morfondus, à la porte...
Et nous allons, battus comme des flots mouvants
Exposés sans défense à la rose des vents !
Nous sommes laids, c'est vrai... les labeurs décevants
Hélas ! nous ont ridés. Quoiqu'à bout de courage
Nous nous tairions encor, mais ce qui nous enrage,
Ce qui nous humilie enfin, c'est que ce nom
Que nous portons, ce nom partout est synonyme
D'imbécile, de sot et de pusillanime,
Et que c'est insulter un homme pour de bon
Que l'appeler... . »

Des pleurs étouffèrent le reste
Car ils sanglotaient tous, les organes du corps,
En entendant vibrer de si tristes accords,
Et tous compatissaient à ce destin funeste...

Le Superbe lui seul sourit... les vérités
Ne l'atteignant jamais dans ses pensers de fête ;
Il bâilla, s'étira, puis inclinant la tête,
Retomba, dédaigneux, sur les Déshérités.

LA CLAQUE FATALE

Mme Léocadie Vasidone était veuve depuis trois ans.

Défunt Vasidone avait été un homme grave, ordonné, sérieux, rentier de naissance, ce qui ne lui avait pas permis de développer des qualités quelconques, n'ayant pas besoin de ça pour subsister. Il était, de plus, abonné à une revue de spiritisme et occupait ses vastes loisirs à évoquer des Esprits, qui s'empressaient d'ailleurs de rester sourds à ses appels.

Léocadie était charmante.

Trois années de mariage avaient parachevé ses charmes et fait naître en elle l'envie folle de savoir si c'était ça l'amour ; s'il n'y avait pas autre chose que l'accouplement banal auquel, les dimanches et les jours fériés, M. Hippolyte Vasidone se prêtait, pour obéir aux prescriptions de l'Eglise qui lui avait dit, par la voix du curé de Notre-Dame de Lorette : « Croissez et multipliez. »

La multiplication n'était pas venue et il n'y avait vraiment pas de quoi, étant donnés les maigres calculs auxquels s'était livré l'opérateur.

Hippolyte Vasidone ne fit qu'une bonne action dans sa vie, et encore fallut-il pour cela qu'il mourut : il institua Léocadie sa légataire universelle.

Sa veuve le pleura abondamment, parce que ça ne pouvait pas le ressusciter, pendant un bon mois, et puis songea à le remplacer avantageusement.

Son mari ne lui avait qu'entrebâillé la porte des félicités conjugales; elle voulait les deux battants grands ouverts.

Quelques lectures de romans psychologiques lui avait fait croire que le baiser chaste, donné à sa joue indifférente, pendant la majeure partie des couchers de ces trois ans, ne devait pas être le *summum* des voluptés, même légales.

Elle consolida son instruction par d'autres lectures moins abstraites et en arriva à se dire que le mariage devait être l'obstacle à la communion parfaite des natures folichonnes et que, seul, l'amour libre pouvait se payer ces extras divins auxquels aspiraient son cerveau, son cœur et le reste.

Elle se mit à fréquenter le monde.

Un soir, dans un bal où elle montrait sa gorge opulente et ses bras prometteurs, sans voiles gênants, elle fut courtisée par un beau brun, persuasif, entreprenant. Il ne déguisa pas que c'était pour le mauvais motif, mais il lui fit entrevoir la coupe des ivresses qu'il tenait à sa disposition. Elle avait soif, elle tendit les lèvres.

Rendez-vous fut pris pour le dimanche, à trois heures, chez elle, jour de sortie de la bonne, à qui elle accorda la permission de toute la journée.

Le troisième coup sonnait à la pendule quand le timbre de l'antichambre lui donna la réplique.

Elle courut ouvrir au beau brun.

Inutile de vous raconter les banalités du début, puis l'enhardissement, puis la familiarisation ; sachez seulement qu'une heure après Léocadie se glissait dans son lit parfumé et attendait son partenaire qui, fébrilement, se dévêtait.

Il fut bientôt dans cette tenue élégante, qui va si bien à tous nos genres de beauté, et qu'on appelle *en bannière*. Déjà son genou droit s'appuyait au bord de l'autel, où, palpitante, l'attendait l'assoiffée du sacrifice, quand, tout à coup ! une claque énorme retentit sur sa fesse gauche, et une voix, qui semblait sortir du ciel de lit, s'écria : *Vade retro!*

Tous les deux poussèrent un cri d'effroi ! mais chacun se crut le jouet d'une hallucination.

Le beau brun, qui avait retiré son genou, le réincrusta au rebord de la couche moelleuse. Elle repalpita.

Une seconde claque formidable s'abattit sur la même fesse gauche, et la voix, courroucée, répéta : *Vade retro!*

Le beau brun se précipita sur ses vêtements, courut jusqu'à l'antichambre, fou littéralement, les revêtit à la hâte et dégringola quatre à quatre, les marches de l'escalier.

Jamais plus elle ne le revit.

Un mois après, remise de cet émoi, car elle attribuait ce qui s'était passé à une farce de mauvais goût d'un ventriloque, locataire de l'étage au-dessus, (elle n'avait pas senti les claques, elle !), Léocadie accueillait dans sa chambre à coucher un beau blond, qui lui avait semblé doué des qualités rêvées pour faire son bonheur.

Au moment où le beau blond s'avançait vers ces lèvres qui, rouges, entr'ouvertes, quêtaient la manne tant désirée, la claque résonna sur sa fesse gauche (toujours la gauche) et la voix proféra, sépulcrale : *Vade retro!*

Le beau blond se retourna, furieux, s'écriant : « En voilà une sale blague! » mais il ne vit personne. Alors il sourit ; il crut à une plaisanterie de son aimable hôtesse et, comme il ne comprenait pas le latin, il s'imagina qu'elle avait voulu activer la prise de possession par une tape familière et quelques mots d'une langue étrangère voulant dire, ou à peu près : « Grouille-toi donc! »

Il se pencha vers Léocadie pour l'embrasser ; une seconde claque, extraordinaire celle-là, l'aplatit le nez contre le lit, et la voix furibonde tonna : *Vade retro!!*

Il s'enfuit, épouvanté, sans regarder Léocadie qui s'était évanouie au premier *Vade retro*, car elle avait reconnu l'organe de son défunt.

Trois autres tentatives eurent lieu : par un beau roux — elle espérait, en changeant les couleurs, apaiser les mânes d'Hippolyte, — par un peau-rouge, par un jeune Tonkinois. Elle ne les reçut plus chez elle, mais accepta la bataille sur des champs divers, à l'hôtel meublé, sur l'herbe du bois de Saint-Cloud, dans un fiacre... toujours la claque et le *Vade retro* fatidique s'interposèrent au commencement des hostilités.

Léocadie demeura trois mois sans sortir, autrement que pour aller à l'église faire mettre des cierges afin d'apaiser l'Esprit d'Hippolyte. Elle lui jurait chaque soir, avant de s'endormir, qu'elle n'essaierait plus, puisque cela paraissait lui déplaire.

La femme propose et le diable dispose.

Un soir, dans un dîner offert par une amie de pension, elle fut placée à côté d'un beau châtain. Cette couleur n'avait pas encore été essayée. Il fut spirituel, galant, empressé.

Il était sérieusement emballé : un mois après il lui demandait sa main.

Elle refusa énergiquement pendant six jours, faiblement pendant quatre ; le onzième elle soupira : « peut-être » ; le douzième, elle dit : « Oui. »

Elle s'était fait cette raison : Il m'adore ! et puis il sera lié, il passera outre aux claques et aux *Vade retro* ; il finira par ne plus y faire attention ; peut-être même y éprouvera-t-il du plaisir à la longue.

Le grand jour arriva.

Les mariés subirent la double cérémonie de la mairie et de l'église, la promenade au Bois, la truite saumonée sauce verte, le filet jardinière et les félicitations. Minuit sonna. Enfin seuls!

Pelotonnée dans le lit nuptial, Léocadie tremblait comme une gelée de coings sortant de la bassine.

Elle ferma les yeux quand le marié, réduit à la *bannière* classique, enjamba la couche. Elle ne put réprimer un : « Oh ! mon Dieu ! » de terreur, qu'il prit pour le dernier cri de la pudeur aux abois.

Rien ne se produisit. Ni claque, ni imprécation latine.

Mais, soudain, ses yeux s'écarquillèrent ! Au fond du lit, sur le rideau de damas rouge, un doigt traçait cet alexandrin en lettres de feu :

Je permets, car la loi vous absout.

Vasidone.

MON ROSSIGNOL

Je suis plein de reconnaissance
Pour mon papa, pour ma maman,
Qui me firent, à ma naissance,
Cadeau d'un compagnon charmant.
Par lui, mon sort, digne d'envie,
Nargue celui du grand Mogol !...
Il m'est attaché pour la vie,
Mon rossignol !

Tout d'abord, pendant son jeune âge,
Chétif et nu, mal éveillé,
Sans voix encore et sans plumage,
Il semblait recroquevillé.
Mais, de distractions en quête,
Quand ma main caressait son col,
Il relevait déjà la tête,
Mon rossignol.

Lorsque enfin il prit sa volée,
Chantant pour la première fois,
Il séduisit un cœur d'emblée
Par sa délicieuse voix.
Il exécuta pour Hélène,
Sur un rythme amoureux et fol,
Trois morceaux sans reprendre haleine,
Mon rossignol.

Pour lui, pas besoin de bocage,
De prés verts, de sentiers fleuris,
Il faut d'abord le mettre en cage
Pour qu'il pousse ses joyeux cris.
Quoique vaillamment il commence,
Hautain comme un duc espagnol,
Il pleure après chaque romance,
Mon rossignol.

La cage de mon virtuose
Est un bijou, sans contredit...
Petite porte toute rose...
Pas de fleur... un bouton suffit ;
Epais gazon sur fond d'Albâtre
Satiné comme du bristol,
Voilà le doux nid où folâtre
Mon rossignol.

Après le *presto* vient l'*andante*,
Mais, quand il veut se reposer,
Ma femme, mélomane ardente,
Le taquine avec un baiser.

J'ai beau dire sa lassitude,
Qu'il va rater le si bémol...
Elle exige un nouveau prélude
Du rossignol.

Pour tous les peuples de la terre
Il chante son refrain charmant,
Mais il en est un — ô mystère!
Qui l'arrête instantanément.
Oui, parfois, c'en est ridicule,
La peur le rend aphone et mol...
Devant les Anglais il recule,
Mon rossignol !

Non, ce n'était pas une pomme
Qu'elle contemplait dans sa main,
Quand Ève, grâce au premier homme,
Perpétua le genre humain.
Sous l'harmonieuse ramée,
Qui lui servait de parasol.
Maman Eve tenait, charmée,
Un rossignol !

ARTHÉMISE DE LA ROCHE-HUMIDE

La petite ville de Bobèchon-sur-Loire, s'était réveillée tout en émoi. Le vicomte Hector de Vescefolle venait d'être arrêté pour cambriolage nocturne chez Mlle Arthémise de la Roche-Humide.

Comment pouvait-il se faire que le noble vicomte, riche, presque jeune encore (quarante ans), élégant, bien tourné, un peu bête, mais descendant des croisés, en fût arrivé à ce degré d'abjection ?

Toute la journée, toute la semaine, on ne parla que de ça. Les uns penchaient pour un accès de folie — c'étaient les nobles, fort nombreux, de la région, qui ne voulaient pas admettre qu'un des leurs ait pu commettre un pareil crime ; mais les deux pharmaciens, le percepteur, l'agent-voyer et la majorité du Conseil municipal, tous radicaux, disaient que c'était le résultat de l'éducation donnée par les Jésuites et se réjouissaient du coup porté au clan conservateur, à la veille des élections législatives.

A toutes les questions, le vicomte avait répondu : « Je suis un cambrioleur. » La torture ne lui aurait rien arraché de plus. C'était un noble cœur, un peu bête, nous l'avons dit, mais les deux qualités s'alliaient très bien.

Nous allons vous conter ce qui s'était passé.

Mlle Arthémise de la Roche-Humide était une superbe créature de vingt-huit ans, qui n'avait pas encore voulu se marier, n'ayant pas trouvé qui lui convint. Elle était difficile, elle avait le droit de l'être. Fortunée, orpheline, portant fièrement une tête de Junon sur un corps de bacchante, elle avait tout pour séduire et elle séduisait tout.

Hector de Vescefolle, malgré les rebuffades de la noble demoiselle, n'avait pu renoncer à ses projets amoureux ; il était pincé jusqu'au fin fond de son individu. Il s'était juré de conquérir la belle dédaigneuse, dont la vue provoquait chez lui des désirs frénétiques.

Arthémise ne pouvait s'empêcher de sourire à cette exubérance de passion qui la flattait ; mais voilà : le vicomte était d'aspect plutôt chétif et, disons crûment le mot, elle avait peur d'être volée. Un volcan couvait sous la neige éblouissante de son corps marmoréen.

Un soir on fêtait l'anniversaire de la marquise de Maboulotte, la tante d'Arthémise. Tout le Bobèchon-sur-Loire, titré, était là.

Une fois la comédie jouée et jouée par des amateurs, chacun, suffisamment rasé, réclama la danse.

Après le premier quadrille, Hector obtint une valse de la belle Arthémise. O bonheur! Il la sentit palpiter dans ses bras tremblants d'amour. Il pressa ces merveilles convoitées; il eut un avant goût des joies paradisiaques rêvées!

Comme ils tourbillonnaient, un couple maladroit les heurta, les désenlaça par le choc et Arthémise s'étala tout de son long sur le parquet. Prompt comme l'éclair, Hector bondit et, l'enlevant comme une plume, la remit sur pieds. Un doux regard reconnaissant le remercia et, surprise, Arthémise se dit: « Mais il a du biceps, ce gringalet là! »

Il la conduisit au buffet, où deux coupes de champagne effacèrent l'émotion produite par la chute. Elle reprit le bras d'Hector qui la sentit s'abandonner, nonchalante. Il était aux anges! Elle s'humanisait. Elle lui donna un petit coup d'éventail sur les doigts, quand il osa lui parler des insomnies dont elle était la cause. Or, même pour un naïf, un coup d'éventail donné de cette façon, veut dire: « Allez-y! insistez. »

Il devenait pressant... elle mollissait. Oh! moralement, car, au contraire, jamais ses merveilleux appas n'avaient aussi solidement palpité, dans leur corsage très échancré. Et l'émoi grandissait chez l'amoureux.

On retourna plusieurs fois au buffet.

Arthémise sentait papilloter ses paupières et s'agiter dans son cerveau des idées qui n'y avaient pas encore séjourné avec autant de persistance.

Les convives disparaissaient deux à deux: l'heure était venue de rentrer. Hector lui proposa de l'accompagner.

— Merci!... J'ai mes domestiques. On jaserait sur nous. Demain venez me voir... nous causerons.

— Demain!... (s'exclama Hector) demain! Mais je serai mort! Laissez-moi aller vous chanter ma chanson d'amour, sous votre balcon... soyez ma Juliette!

— Essayez d'être un Roméo... mais demain.

La vieille bonne d'Arthémise, lui apportant sa capeline, mit fin à ces adieux et, malgré ses supplications, le vicomte dut la voir partir sans lui.

Resté seul, il courut rafraichir son sang au buffet, avec trois coupes de champagne. L'effet fut contraire; sa température s'augmenta de quelques degrés. Il soliloqua:

— Je la veux!... Mais, sapristi!... elle a dit: « Essayez d'être un Roméo... » C'est ça... ça veut dire: « Escaladez le balcon! » Elle m'attend. Hector, tu es un heureux gaillard!

Il partit. La lune éclairait, splendide, tout Bobèchon-sur-Loire, qui ronflait.

La maison d'Arthémise, entre cour et jardin, semblait aussi endormie. Il en fit le tour. Il enjamba une haie basse et arriva en titubant sous le balcon. Un banc se trouvait là ; il monta dessus, non sans peine, car il était complètement gris. Une fenêtre était entre-baillée (il faisait si chaud !)... il la poussa. Personne dans le petit salon. Il alla vers une porte, au fond, l'ouvrit : un rayon de lune entra avec lui et tomba sur le lit, où Arthémise dormait, ou faisait semblant de dormir (il crut à cette deuxième version). Et dans quelle pose ! Les cheveux épars, magnifiques, sur des bras et des épaules nues, et le reste à peine voilé par une batiste légère.

Hector eut un éblouissement. Il referma la porte et le rayon de lune disparut. Toute la chambre redevint obscure.

Il ne perdit pas de temps à faire une demande en règle : il se dévêtit aussi vite que le lui permettaient ses mains tremblantes et quand, après avoir jeté ses effets au hasard, il se jugea dans la toilette voulue pour la circonstance, il se glissa auprès de la belle endormie.

Un cri épouvantable se fit entendre : — Au voleur !... Au secours !... A l'assassin !

Mais c'est moi... Hec... Hec...

Les hoquets l'empêchaient d'en dire plus long, et puis il lui fallait parer les coups et les égratignures qui pleuvaient sur son visage. Arthémise put enfin se dégager du forcené, bondit par dessus lui, ouvrit la porte et recommença de plus belle à crier : « Au secours !... A l'assassin !... »

Le vicomte, ahuri, dégrisé, sauta sur ses vêtements, à tâtons, dans la nuit. Mais les voisins, réveillés, et les domestiques, armés, se présentaient, avec le brigadier de police accouru. Derrière eux, la belle figure d'Arthémise éplorée.

— Mais c'est M. le vicomte !... fit le brigadier.

Arthémise s'évanouit.

— Qu'est-ce que vous faites ici ?

L'éclair qui illumine les héroïsmes traversa le cerveau d'Hector. Il répondit simplement.

— Je cambriolais.

On l'emmena en prison. Huit jours après il comparaissait devant le tribunal correctionnel du chef-lieu.

Vous pensez s'il y avait du monde ! Toute la noblesse d'Indre-et-Loire s'y était donné rendez-vous.

Le vicomte fut amené ; il entra, souriant, la tête haute.

Le Président l'interrogea poliment ; il lui tendit la perche, pour le sauver, parla d'un accès de folie probable ; Hector, qui avait refusé tout défenseur, répondit : « Je venais chez Mlle de la Roche-Humide pour cambrioler... Elle a de fort beaux bijoux. »

Une rumeur courut dans l'auditoire : « Quel cynisme ! Quel gredin ! Quel scélérat ! »

De guerre lasse, le Président consulta ses assesseurs, sur la peine à appliquer.

Mais une voix s'éleva du fond de la salle ; la foule s'écarta ; Arthémise s'avança jusqu'au tribunal :

— Monsieur le vicomte est innocent ; il ne venait pas pour cambrioler.

Elle s'arrêta, rougissante. Le Président flairant quelque graveleux incident, se passa la langue sur les lèvres :

— Alors, pourquoi venait-il ?

Hector eut un mouvement d'orgueil. Elle l'aimait, elle voulait le délivrer ; il allait reconquérir cette liberté qu'il regrettait fort déjà et il conserverait le bénéfice de son acte glorieux, devant ses concitoyens.

— Mademoiselle veut me sauver, je n'accepte pas.

L'auditoire haletait. Le président continua, sceptique :

– L'accusé a raison... vous voulez égarer la Justice...

Arthémise tira, de son réticule, un gilet de flanelle, et, telle Jeanne d'Arc brandissant l'oriflamme, elle s'écria :

— Voici la preuve de ce que j'avance...

Le président fit apporter l'objet par l'huissier... Arthémise était mourante de honte ; mais fière de ce qu'elle faisait. Tête baissée, son mouchoir sur les yeux, elle entendit l'arrêt qui mettait le vicomte en liberté, avec le considérant suivant :

« Attendu que les cambrioleurs n'ont pas l'habitude de retirer leur gilet de flanelle pour opérer ; qu'il y a donc lieu de croire à un mensonge du prévenu, pour sauver la réputation d'une femme..., etc., etc. »

L'auditoire applaudit à tout rompre et Hector tomba dans les bras d'Arthémise.

Ils se marient dans un mois. La détermination d'Arthémise avait été prise à la suite de deux constatations qu'elle avait faites.

La première, lors de la chute, en valsant : elle avait remarqué la valeur du biceps d'Hector.

La seconde, lors de l'essai du cambriolage de sa vertu, elle avait senti la volonté de fer de l'insolent agresseur.

Arthémise de la Roche-Humide ne s'embarquait pas sans biscuit, sur l'océan du mariage.

LA FEMME DE L'AVOCAT

A mon mari, maître Grelot,
Hélas ! j'ai confié ma cause.
Plein de suffisance et de pose,
Il avait dit : « J'en fais mon lot. »

Ah ! qu'elle promesse imprudente !
Dès qu'il entama le procès,
Je fus sûre de l'insuccès :
Son affaire est toujours pendante !

Du dossier, en dot apporté,
Nul n'avait encor fait l'étude,
A peine dans la solitude,
Du doigt, l'avais-je feuilleté.
Je crus que sa parole ardente
Allait m'ouvrir un horizon.
L'aigle chanta comme un oison :
Son affaire est toujours pendante !

Chaque jour, cette question
Par moi sur le tapis est mise.
Je sors de leur ample chemise
Les pièces à conviction :
Mais sa méthode discordante
N'en sait tirer aucun parti,
Quoi qu'il fasse il reste petit :
Son affaire est toujours pendante !

Et pourtant, je l'aide oui-dà !
Je le gronde, je le sermonne ;
Soir et matin je m'époumonne
A lui crier : *Sursum corda !*
De la tribune accommodante,
Je lui montre en vain le chemin ;
J'ai beau même y mettre la main :
Son affaire est toujours pendante !

Allons, lui dis-je, un peu d'aplomb,
Présentez-vous fier à la barre,
Soignez l'exorde et, dare dare,
Pressez .. poussez... plaidez au fond...
Puis, péroraison abondante,
Concluez d'un éloquent jet.
Il reste à côté du sujet :
Son affaire est toujours pendante !

Il traîne avec lui, mon époux,
Deux témoins à la peau ridée,
Dont vous n'avez pas une idée,
Tant ils sont inertes et mous ;
Ils n'ont, la chose est évidente,
A lui fournir nul argument.
Ils déposent piteusement :
Son affaire est toujours pendante !

Mon dossier serait vierge encor,
Si je n'avais, sur cette affaire,
Consulté certain stagiaire,
Jeune et nerveux, à la voix d'or.
Et, grâce à sa verve mordante,
Qui sait si bien trouver le joint,
Je peux supporter mon conjoint
Dont l'affaire est toujours pendante !

LES POMMES DE MARGOT

Au pommier,
Le fermier
Arrive avec la fermière :
« Margot, j' vas monter l' premier.
— Nenni ! c'est moi la première ! »
Querelle au pied du pommier.

Mais Gros-Jean,
Arrangeant,
Cède son droit à la belle,
Qui dit, d'un air engageant :
« T'es ben gentil !... mais l'échelle,
Où donc qu'elle est, dis, Gros-Jean ? »

— Y en a point...
C'est trop loin
Pour en quérir à la ferme ;
D'ailleurs, d'échell' point besoin...
Grimp' su' mon dos... j' tiendrons ferme...
Vas-y !... d' danger, y en a point. »

La Margot,
Tout de go,
Sur les deux robustes hanches,
Saute et tend la main en haut...
Mais, n'atteignant pas les branches :
« J' somm's trop p'tit ! » fait la Margot.

Gros-Jean dit :
« Eh ! pardi !
Y a qu'à monter su' m'n'épaule...
Donn' la main... là .. hiss' !... hardi !
— Tiens ! fait-elle, ça s'ra drôle...
Mais j'ons peur ! — Va donc, qu'on t' dit. »

Mais le bras
Blanc et gras
De Margot n'est pas encore
Assez long... Quel embarras !
Vers les pommes qu'elle adore
Elle allonge en vain le bras.

Réjoui,
Enfoui
Sous le jupon court qui flotte,
Gros-Jean, tout épanoui,
Dit tout bas des Saperlotte !
Avec un air réjoui.

Le mollet
Rondelet
De la fermière l'excite...
Et son regard se complait
Sur un admirable site
Par delà le rond mollet.

Ahuri,
Le mari
Pense : « Quoi ! c'est à ma femme ?
Mais où donc que j'avions l'esprit ?
J' n'en savions rien, su' mon âme !
J'en somm's tout comme ahuri ! »

Cependant,
L'œil ardent,
Margot toujours se dépite :
« R'gard' donc qué biau fruit pendant...
Il est mûr... mais j' somm's trop p'tite...
J'en mangerions ben, c'pendant !

— Moi, Margot,
Pas si haut,
J'voyons deux pommes rud'ment belles !
Ces deux-là, c'est tout c' qui m' faut,
J'en veux point des ribambelles...
Vit'... dégringol', la Margot ! »

Et bourru,
Tout féru
De truculente ripaille,
De désir, sans cesse accru,
Gros-Jean, ainsi qu'une paille,
L'emporte, fiévreux, bourru.

Dans le foin,
Pas bien loin,
Où les pommes attaquées,
Dures, mais prêtes à point,
Par deux fois furent croquées
Avec fureur, dans le foin.

Et Margot
Faisait : « Oh !
T'es ben l' pus mignon des hommes !
— Faut en garder pour l' tantôt...
— Non... mang'... n'en laiss' point d'mes pommes !
— C'est que... j' n'ons pu faim, Margot ! »

C'est la nuit,
Le jour fuit,
Au festin on met un terme
Et le couple, ému, sans bruit,
Prend le chemin de la ferme
En s'embrassant par la nuit.

Les bécots,
Aux échos,
Disaient leur folle espérance...
Aux rouges coquelicots
Margot faisait concurrence,
Tant tombaient drus les bécots.

« Qué brûlot !
Fit Margot,
Rajustant encore sa cotte,
Des maris, t'es ben l' plus biau !
Mais quoi donc qui t'asticote
Aujourd'hui ?... Dieu ! qué brûlot ! »

Lors Gros-Jean,
S'épongeant,
Lui raconta, sans réserve,
Quel beau spectacle engageant
L'avait mis si fort en verve.
« C'est bon à savoir, Gros-Jean !

— Ah ! morgué !
C'était gai,
Dit-il, mais, bêta que j'sommes,
Cheux nous, j'avions, jarnigué !
Tout l' temps, sous la main, tes pommes,
Et j' n'y pensions point, morgué ! »

Ce récit
Prouve ici
Que les maris n'y voient guère
Que par hasard, Dieu merci !
Les tromper, c'est bonne guerre :
Morale de ce récit.

LE CIEL DE LIT

Minuit. L'époux, quittant le bal,
Entraîne la jeune épousée
Au fond du retrait conjugal
Qu'éclaire une lampe rosée.
Elle a peur. Par ses bonds pressés,
Son sein virginal dit assez,
Dans un va-et-vient adorable,
L'émotion inséparable
D'un premier début. Le mari,
Féru d'amour à ce spectacle,
Écarte déjà maint obstacle,
Payant d'un baiser chaque cri
Par lequel la pudeur proteste ;
Il brise cordon et lacet...
A ses pieds tombe le corset...
Rien que la batiste qui reste,
Alors, dans le lit de satin,
Il l'emporte, à demi-pâmée...
Puis, tout près de la bien-aimée,
Se glisse. La lampe s'éteint.
« Je t'aime ! — Est-ce bien vrai ? — Marie,
Livre-moi ce trésor charmant...
— Que faites-vous donc ? — Je t'en prie !...
— Non... demain... Gaston !... Oh ! maman !...
Lui, se moquant de la peureuse
Et par les refus, irrité,
Fait une attaque valeureuse
De la place de volupté.
Mais la citadelle résiste
Et reste close obstinément...
En vain notre assiégeant insiste

Et charge furieusement.
Rien... Rien... Variant la tactique,
Il va *lento, largo, mosso*,
Rien n'y fait!... Sa vieille pratique
Est en échec à chaque assaut,
Ce qu'il doit lui paraître sot!
N'en pouvant plus, à côté d'elle,
Il se couche... las... morfondu...
Mais la timide tourterelle
Trouve qu'elle n'a pas son dû.
Elle a pris goût au jeu folâtre,
Et, forte de l'obscurité,
Au cou du mari dépité
Elle passe son bras d'albâtre :
« Gaston... moi... je ne sais pas bien...
Mais... je peux braver la souffrance. .
Si c'est pour moi... ne craignez rien...
Il faut de la persévérance. . »
Ranimé par ce doux propos
Et par le moment de repos,
L'époux attaque de plus belle
La place, qui fait cependant
Tout pour que le sapeur ardent
Force la poterne rebelle.
Mais, malgré le *rinforzando*,
La brèche est toujours trop étroite...
Quand, dans un effort, sa main droite
Accroche soudain le rideau...
Patatras! le joyeux ouvrage!
Le ciel de lit, d'aplomb, s'abat
Sur l'époux à bout de courage,
Qui livrait son dernier combat!
Et, bonté divine! ô miracle!
Le ciel de lit, en s'abattant
Comme un maillet, fait à l'instant
Pénétrer dans le tabernacle
L'arme du fougueux combattant.
. . . .
Alors à son vainqueur superbe
Qui pousse un triomphant hourra,
La jeune épouse murmura :
« Tu vois qu'il est vrai le proverbe
Aide-toi, le ciel t'aidera!

MA LUNE

Pendant que les savants, ces nouveaux Prométhées,
Fouillant, l'œil éperdu, les profondeurs lactées,
Cherchent, dans l'infini, le grand secret des Dieux,
Moi, sans nul télescope et sans lunette aucune,
J'ai découvert un astre, éblouissante lune,
Dont l'aspect réjouit et mon cœur et mes yeux.
Quand, au déclin du jour, le nuage de gaze
Qui la voile descend de ses contours sereins,

J'éprouve le besoin d'enfourcher mon Pégase
Et de la célébrer en vers alexandrins.
Votre Phœbé, là-haut, n'est qu'un astre malade.
Chlorotique et muet, Pierrot enfariné,
Qui roule dans le ciel son facies étonné,
Et qui n'est, après tout, qu'un sujet de ballade...
Et puis qui ne découvre à votre œil impuissant
Que sa moitié... son quart... ou même son croissant...
Elle est pleine de rocs, d'abîmes, de cratères!
Tandis que mon bel astre offre deux hémisphères,
Deux mondes siamois, lisses et rebondis
A faire loucher tous les saints du paradis.
Sous sa ferme surface, on sent frémir la vie...
— Ah! celui-là n'est pas un monde desséché!
Astronome fervent, à l'âme inassouvie,
J'ai passé bien du temps, sur ma lune, penché.
Elle eût séduit Joseph et vaincu saint Antoine!
Elle est blanche et rosée... on dirait que son teint
Est fait d'un lys, mouillé des larmes du matin,
Et qu'aurait embrassé quelque folle pivoine.
L'autre tourne sans cesse au sein du firmament
Monotone, réglée ainsi qu'une pendule,
Quand la mienne, narguant toute loi ridicule,
Marche au gré du caprice et se meut librement,
Monte, descend, bondit, s'arrête, se dépêche,
Puisant toute sa force au moteur Volupté.
Elle est soyeuse, ainsi qu'un beau fruit velouté;
On y mordrait en plein comme on fait d'une pêche!
Phidias l'eût donnée à Vénus Astarté.

Ses alentours charmants, la montagne et la plaine,
N'ont plus aucun secret pour moi... J'ai parcouru,
Avec un intérêt journellement accru,
Les retraits gracieux dont elle est toute pleine.
Pas d'ombre à ce tableau... quoi qu'on ait dit souvent
Que ses blanches rondeurs recèlent la tempête...
Mensonge tout gratuit que l'envieux répète :
Ce sont des bruits! autant en emporte le vent.
J'étudie avec zèle et je cherche avec rage,
Et chaque jour j'atteins — explorateur hardi —
L'antipode, en doublant le beau cap du midi,

Où rit, hospitalier, un vallon plein d'ombrage.
Là, je goûte, enivré, le prix de mon savoir,
Et si des curieux, de loin, me pouvaient voir
Pénétrant, radieux, dans la grotte discrète,
Dont les douces parois me tiennent engagé,
Par un effet d'optique, ils jureraient que j'ai
Transformé mon bel astre en superbe comète.

ENTRE AMIES

Tu sais bien, mon mari, lui qui semblait de glace,
Et dont je me plaignais sans cesse, amèrement?
Lucien, qui n'accordait, hebdomadairement,
Qu'une maigre pitance à mon cœur si vorace?

Eh bien, c'est aujourd'hui le plus fougueux amant
Que l'on puisse rêver ! Richelieu, Lovelace
N'étaient rien près de lui... Jamais il ne se lasse !...
Je meurs, quand il me plaît, sous son embrassement !

— Ah bah !... quel doux secret as-tu trouvé, Lucie !
— C'est le hasard. Un jour, dans une pharmacie,
J'achète   redoutant la toux qui peut sévir —

Un flacon, qui portait le conseil salutaire
Que j'applique à Lucien... Le voici, sans mystère :
Agiter fortement avant de s'en servir !

CONCHYLIOLOGIE

M. Aristide Hestrouvé, était né savant, avait vécu savant, et pensait bien mourir savant. Au sein de sa nourrice il avait déjà une certaine façon d'étudier une goutte de lait, égarée par hasard sur sa main, qui révélait le futur analyseur des effets et des causes. A l'école il étonna ses professeurs par ses questions et les stupéfia par ses réponses.

Plus tard, pubère, le goût des vadrouilles, des stations près des verseuses de bocks dans les brasseries, des chahuts à Bullier et des déménagements à la cloche de bois, n'effleura pas son âme, étrangère aux exploits de ses camarades. Plongé dans l'étude, il n'en sortait le nez que pour alimenter son individu, tout juste assez pour qu'il eut la force de porter son cerveau, lourd des problèmes à déchiffrer. Son estomac était tôt rassasié, son esprit était insatiable.

Il avait une petite aisance qui lui permit de ne pas être obligé de gagner sa vie, ce dont il eut été incapable ; il put même collectionner, ô joie !

L'histoire naturelle l'attira, entre toutes les sciences. Jusqu'à l'âge de cinquante ans il botanisa sans relâche ; toute la flore des environs de Paris lui passa par les mains : il cueillait, étiquetait, classait sans relâche.

Puis il s'éprit de passion pour la Conchyliologie ; tous les coquillages lui livrèrent leurs secrets. Il en avait une chambre entièrement tapissée ; mais la préférence de ses préférences était pour les *porcelanites*. Il croyait en posséder tous les genres ; il se trompait.

Un jour, en passant devant l'étalage d'un marchand de bric-à-brac au carrefour de l'Odéon, il vit un coquillage, à demi brisé, qui le fit tressaillir. Il n'avait pas son pareil. C'était un univalve dentelé inconnu, à la nacre rosée et opaline et de reflets merveilleux. Le marchand affirma qu'il avait été remonté au jour — malheureusement incomplet

— dans le filet d'un pêcheur de Halézy-sur-Mer, petit port de Picardie sur la Manche.

Aristide Hestrouvé n'hésita pas une seconde : il partit pour Halézy-sur-Mer. On était au mois d'avril ; pas de baigneur à redouter ; il aurait toute liberté pour questionner, accaparer les pêcheurs, afin qu'on lui trouvât le précieux coquillage manquant à sa collection.

Halézy-sur-Mer était un trou, où jamais baigneur ne s'était hasardé. Une unique auberge, *à Saint-Antoine* (loge à pied et à cheval) lui ouvrit son huis branlant. Il demanda une bonne chambre, bien claire, et, comme il n'y en avait qu'une, les deux madrés Picards qui tenaient l'établissement, eurent l'air de se consulter longuement pour se décider à donner la chambre n° 1. Lui, qui déjeunait de deux œufs à la coque, il voulut éblouir les patrons et faire grand, afin d'obtenir d'eux tous les renseignements possibles ; il commanda une côtelette !

— Y en a justement pas dit la mère Gaspard, y-z-ont tout mangé les voyageurs... Y en a tant qui viennent !... pas vrai Gaspard ?... car, c'est pas pour dire, mais *l'Saint-Antoine*, il est connu à dix lieues à la ronde.

— Ça ne fait rien, je m'en passerai — répondit Aristide, enchanté, car il était plutôt économe.

— Mais y a du lard... du bon lard, de not'cochon... même qu'on l'a tué, l'aut'semaine... frais comme l'œil.

— Va pour le lard... et deux œufs à la coque, avant.

On lui servit deux œufs durs, du pain bis, du cidre horriblement aigre — les nombreux voyageurs avaient bu tout le vin — du lard, que le cochon tué l'autre semaine avait terriblement vieux, car il était jaune et rance, un fromage sec, à fractionner par la dynamite, une tasse de chicorée et un petit verre d'eau-de-vie de cidre, toutes choses auxquelles il ne toucha pas, sauf aux œufs.

Les aubergistes le regardaient d'un coin de la salle, combinant le chiffre auquel ils pourraient taxer un pareil festin, et se réjouissaient de voir le client n'effleurer les plats que du bout de ses lèvres dégoutées.

Aristide Hestrouvé jugea le moment venu de s'enquérir du fameux coquillage : il mit dans ses questions toute l'indifférence qu'il put appeler à son aide. D'abord, les aubergistes restèrent bouche bée, puis jugeant qu'il fallait retenir au *Saint-Antoine* ce Monsieur qui ne mangeait presque pas et qui paierait comme s'il dévorait, ils répondirent évasivement :

— Dame !... faut vouèr... p-t-èt'ben qu'y en a... J'cré ben qu'j'en ons entendu parler.

Alors que le savant essayait, mais en vain, quelques minutes plus tôt, de casser un bout de fromage, un homme, portant la vareuse et le béret des marins, était entré sans bruit. La mère Gaspard lui avait servi la goutte, sans qu'il eût rien demandé, et le déjeuneur ne s'était pas aperçu de l'intrusion de ce personnage dans la salle.

Le marin avait souri, en entendant la question du naturaliste. C'était un beau gars qui sortait du service de l'Etat ; franc godailleur, loustic du bord, toujours prêt à faire une bonne blague à son prochain ; au demeurant, un garçon jovial et pas méchant pour un sou.

Soudain, Hestrouvé l'aperçut ; alors l'homme lui sourit, et clignant de l'œil aux Gaspard, pour demander leur complicité, il dit :

— Je sais c'que c'est... un coquillage fait comme ça (il décrivait du pouce une conque marine)... même que dans le pays on appelle ça un..

— Oui, oui, je sais ; interrompit le pudique collectionneur.

— Seulement, ajouta le marin, c'est très rare. Il n'y a qu'une personne au village qui en a un... C'est mamzelle Sophie Nékétant, la rentière. P't'êt'ben qu'elle vous l'cèderait... en y mettant le prix.

— Où demeure-t-elle ? s'écria Aristide :

— Au bout du village... vous prenez par là... à droite... c'est la dernière maison... y a pas à se tromper... y a une grille, pis un jardin devant.

— Merci, mon ami.

Le naturaliste était déjà parti. Il y en avait un !... et on le cèderait peut-être. O Dieu des collectionneurs ! soyez béni !

Il arriva au bout du village. C'était là ; il tira, angoissé, la patte de lapin suspendue à l'entrée de la maisonnette dont la façade, couverte de glycines, de clématites et de vigne vierge, s'apercevait à travers le treillage de lattes vertes qui formait la partie supérieure de la porte du jardin.

Une vieille servante vint ouvrir, rogue et méfiante.

Après quelques pourparlers, la domestique, rassurée par l'air bonhomme, le linge blanc et la chaîne de montre en or de l'inconnu, se décida à convenir que Mademoiselle était là. Le visiteur donna sa carte :

ARISTIDE HESTROUVÉ

Membre de plusieurs sociétés savantes
lauréat de l'Institut
Officier de l'Instruction publique.

Bientôt après la bonne revenait, introduisait Aristide dans un petit salon et le priait d'attendre cinq minutes, le temps que Mademoiselle fut présentable.

Pendant qu'il explore tous les coins, cherchant le coquillage rêvé, qui ne s'y trouve pas, suivons la bonne, remontée au premier et unique étage où l'attend sa maîtresse.

Mlle Sophie Nékétant frisait la cinquantaine ; elle se donnait trente-neuf ans. Vieille fille romanesque, elle attendait toujours le chevalier qui devait venir l'enlever de la tour où sa vertu se desséchait. Elle était d'ailleurs laide à faire peur au diable et ses petites rentes même n'avaient jamais pu décider un audacieux à demander sa main.

Une visite !... c'était encore la porte aux espérances qui s'entrebâillait.

— Tu dis qu'il n'est pas jeune ! demandait-elle à Marianne, tout en maniant la houppette qui la poudroderizait du front à la naissance du corsage.

— Sûr que non !... pis pas beau... mais l'air ben honnête.

— Qu'importe la beauté ! C'est celle qu'on ne voit pas, celle du cœur seule qui vaut quelque chose. Hein ! ma bonne Marianne, si c'était un prétendant !

— Qui sait !... tout peut arriver .. la queue d'not'chat est ben venue.

— Suis-je bien comme ça ?.. ma robe va-t-elle derrière ?

— Mais oui... mais oui... faites donc pas tant d'frais !... ce sera encore pour des prunes.

Mlle Sophie Nékétant jeta un regard courroucé à sa trop familière confidente et descendit au salon, palpitante.

Après une demi-douzaine de saluts et de révérences de part et d'autre, le savant toussa pour cacher son émotion et dit :

— Mademoiselle, le but de ma visite va sans doute vous surprendre, je vais vous paraître bien hardi...

— Ça y est ! pensa la vieille fille qui, s'armant de son plus accueillant sourire, répondit : Mais non, mais non, je vous en prie parlez.

— Eh bien, voilà... Je suis très amateur de coquillages. Il en est un dont je serais très heureux d'être possesseur... et on m'a assuré qu'il n'y a que vous dans le village qui le possédiez.

Mlle Sophie Nékétant devint rouge comme une cerise. Elle croyait avoir compris ; l'éventail, qui ne la quittait jamais, s'agita fiévreusement. Elle balbutia :

— Je... ne saisis pas.

— Vous allez comprendre Mon Dieu ! veuillez m'excuser si je dois employer le mot propre ; il n'y a pas d'étymologie latine ou grecque qui me permette de le désigner autrement.. C'est... (Et notre savant murmura le nom vulgaire de coquillage.)

— Oh ! Monsieur !... (et Sophie passa de la cerise à la tomate).

— Ne refusez pas... puisqu'il n'y a que vous qui en ayiez un ici, cédez-le moi.

Mlle Sophie se redressa indignée :

— Monsieur, on vous a trompé sur mon compte. Je suis une honnête femme... Je n'ai rien à vendre.

Aristide l'interrompit :

— Je comprends qu'il vous soit pénible de vous en séparer. Mais, non seulement je le paierai le prix que vous l'estimerez...

— Sortez, Monsieur !

— Ne vous fâchez pas... non seulement je ne veux pas marchander, mais je vous promets d'en avoir le plus grand soin. Je le mettrai à part, sur une étagère...

Sur une étagère ? la stupéfaction de Mlle Nékelant éteignait sa colère.

— Oui, je vous le promets. Pensez-donc que c'est le seul qui manque à ma collection... et j'en ai des milliers !

La vieille fille était toquée, mais pas bête. Elle comprit le quiproquo... un savant, à l'air si honnête, si convaincu, ne pouvait être un mauvais plaisant.

— Je vous demande pardon, Monsieur, j'avais mal entendu. Mais, je le regrette, je n'ai pas l'objet que vous cherchez.

Elle salua en se levant ; c'était un congé. Le pauvre collectionneur sortit, désespéré et furieux, car il ne doutait pas qu'elle eût le précieux coquillage, dont elle ne voulait pas se séparer.

Et, pendant qu'il ronchonnait en regagnant l'auberge, Mlle Sophie Nékelant enlevait son rouge et, refoulant une grosse larme qui se formait au coin de l'œil, murmurait dans un soupir :

— Encore une fausse joie. . C'est dommage, ça commençait bien.

LA PRISE DE LA BASTILLE

Ninon, délicieuse fille,
Naïve encor, mais faite au tour,
Me demandait comment, un jour,
On fit pour prendre la Bastille.

« Je vais vous dire, étant savant
(Lui répondis-je) et bon stratège,
Comme on s'y prend pour faire un siège.
Mettez-vous là, sur le divan..
Vous figurez la place forte,
Moi, l'assiégeant audacieux...
Vous me foudroyez de vos yeux ..
J'hésite un peu troublé. Qu'importe !
Je bondis !... mes plans sont tracés.
Mon attaque est lente, mais sûre ;
Par précaution, je m'assure
Des deux ouvrages avancés.
Vous résistez ? c'est une offense !
Je prends ces mamelons rosés
Et, par des salves de baisers,
Je paralyse la défense.
Votre bouche — bastion nord —
En vain supplie et me harangue,
C'est un point important du fort :
Je l'escalade et j'y prends la langue.
Tous les alentours sont brûlants,
Tellement l'action se corse !...
Ah ! ah ! la Bastille m'y force ?
Je mets à découvert ses flancs.
La fureur envahit mon être...
A bas ce gabion gênant !
Et, par un mouvement tournant,
Sur les derrières je pénètre.
Oui... vous me barrez les chemins
Par des secousses importunes...
J'en ris... Victoire !... entre mes mains
Tombent enfin les demi-lunes !
Je dévore un moment des yeux
Ce glacis taillé dans l'ivoire
Et sa pelouse drue et noire...
Mais je perds un temps précieux,
Car voici la porte rebelle !
Vite ! vite ! au suprême assaut !
C'est la clé de la citadelle
Et je la forcerai bientôt.
J'écarte l'épaisse broussaille

Qui pourrait gêner le sapeur :
Il va droit, devant lui, sans peur ;
Il frappe… et la place tressaille…
M'y voici !… — Mais, hélas ! trop tard !
Trop longtemps chargé de la sorte,
Mon superbe et hardi pétard
Venait d'éclater à la porte !

. . . .

Lorsqu'il vous faudra démontrer
A quelque appétissante fille
Comment on prend une bastille,
Commencez d'abord par entrer.
Si vaillante que soit la flèche
Ne laissez pas l'arc trop tendu…
Artificier, tout est perdu
Dès que se mouillera ta mèche.
Suivez mon conseil, ou sinon,
Tout comme moi près de Ninon,
Vous verrez bien qu'il n'est pas rare
Que, rengainant son cas honteux,
On murmure d'un air piteux :
« Un sale coup pour la fanfare ! »

LE VALLON DE JOSÉPHA

Air : J'ai vu le Parnasse des Dames
(CLÉ DU CAVEAU, N° 242).

Il paraîtrait, d'après la Bible.
Qu'tout l'monde, un jour, ressuscit'ra
Dans un endroit sombre et terrible
Nommé' la vallé' d' Josaphat.

Cette douce espéranc' m'excite,
Et j' m'entrain' pour ce moment-là :
Chaqu' jour je meurs et ressuscite
Dans le vallon de Josépha. (*Bis*).

Sur un effroyable rivage
Jamais une fleur ne poussa.
Le sol est stérile et sauvage
Dans la vallé' de Josaphat.
Tandis que buisson, lys et rose
Ruisseau, sentier, et cœtera
Font une oasis fraiche éclose
Du beau vallon de Josépha.

Lacs desséchés, déserts sans bornes
Que nul son joyeux n'anima,
Voilà les seuls horizons mornes
De la vallé' de Josaphat.
Monts fleuris, teintés par l'aurore,
Colonnes que l'Amour sculpta,
Sont les environs que j'explore
Près du vallon de Josépha.

On ne voit que lugubres traces
De volcans éteints çà et là...
Gouffres béants, larges crevasses,
Dans la vallé' de Josaphat.....
Un volcan presque à fleur de terre
Jette un feu, que rien n'éteindra,
Par un mignon petit cratère
Dans le vallon de Josépha.

Aux humbles, les célestes gerbes !
Dieu les aim' mais il châtiera
Les orgueilleux et les superbes
Dans la vallé' de Josaphat.....
Mais ici — le diable m'emporte ! —
Jamais un humble n'entrera...
L'orgueilleux seul franchit la porte
Du beau vallon de Josépha.

Au jour dernier, macabre et sombre,
Un' trompette retentira
Qui fera se dresser chaque ombre
Dans la vallé' de Josaphat.....
Jamais nul écho ne répète
Ici des sons dans ce genr' là.....
Et pourtant il a sa trompette
Le frais vallon de Josépha !

J'ai la chair de poul' quand j'y pense
Je s'rai blackboulé comme béat :
Je n' compt' guèr' sur une récompense
Dans la vallé' de Josaphat.
Mais, pour Dieu, les pleurs ont des charmes. .
A mon compt' j'espèr' qu'il port'ra
Tout ce que j'ai versé de larmes
Dans le vallon de Josépha.

PLUS FORT QUE LA HAINE

Du jour où Léon épousa
La blonde et gentille Rosa,
Il eut un ennemi terrible :
Sa belle-mère !... Il lui rendit

Haine pour haine, et la maudit
Cent fois par jour... ce fut horrible!
Ils ne pouvaient s'apercevoir
Sans grincer des dents... et l'envie
Folle d'attenter à leur vie
Hantait leurs cerveaux exaltés.
— Monstre! Sauvage! Horreur! Chipie!
— Vil polisson! grosse harpie!
C'étaient là leurs aménités.
Lorsqu'on apprit par un notaire
Qu'un cousin, vieux célibataire,
Venait de mourir au Japon,
Instituant pour légataire
La jeune épouse de Léon.
Il fallait partir, sans attendre,
Recueillir la succession,
Mais saisissant l'occasion
De faire une niche à son gendre,
Belle-maman veut être aussi
Du voyage. — « Oh non! grand merci!
« Pas de ça... vous restez ici. »
« Ah! vraiment, vous croyez sans doute
« Que j'abandonne mon enfant
« Aux soins d'un pareil sacripant?...
« Vous l'assassineriez en route! »
Il voulut l'étrangler... Rosa
Tout en larmes s'interposa....
Il dut céder. On s'embarqua.
Un temps de chien! la mer mauvaise
Du vaisseau faisait un jouet:
Léon ne se sentait pas d'aise
Car belle-maman se tordait,
Au cruel mal de mer, en proie.
Il ne lui cachait pas sa joie,
Tout haut, devant elle, affirmant
Qu'on en mourait très fréquemment.
Mais la tempête augmente... augmente!
Le navire est désemparé...
Il est perdu!.. dans la tourmente
Il coule à pic!.. Il a sombré!!!
Et l'ouragan toujours fait rage!

Plus rien... rien que le ciel et l'eau.
Seuls, deux survivants du naufrage
Ont pu se saisir d'un tonneau
Et, rassemblant tout leur courage,
L'ont enfourché par les deux bouts.
Mais quand un éclair illumine
La crête des flots en courroux,
Un cri sort de chaque poitrine :
« Vous !.. Quoi, c'est vous !.. c'est encor vous ! »
C'est le gendre et la belle-mère
Que la Providence a sauvés
Et qui flottent sur l'onde amère
Au même esquif, hélas ! rivés.
Ils se regardent... leurs prunelles
Lancent de fauves étincelles...
Chacun cherche à faire pencher
Le tonneau... secouant sans trêve
Pour forcer l'autre à le lâcher...
Mais une vague les enlève
Et les jette sur une grève.
Ils se relèvent, menaçants,
Quand, pris d'une frayeur subite,
Ils courent, courent en tous sens
Pour se fuir. Efforts impuissants !
C'est une île... toute petite...
Quelques grands arbres... un étang...
Personne... pas un habitant.
La nuit vient.. aux deux bouts de l'île
Ils dorment.. oubliant enfin !
Mais le jour renaît... ils ont faim...
Il faut manger... besogne vile
Mais qu'on dédaignerait en vain)
Deux cocotiers géants balancent
Leurs fruits à la cime... ils s'élancent,
(Hurlant une injure à l'écho)
Et, légers, grimpant jusqu'au faîte,
Au repas frugal ils font fête,
Tout en se lançant à la tête
Les débris des noix de coco.
Cette existence épouvantable
Dura six mois ! Sort lamentable !

Chacun logeait dans un buisson
Aux extrémités de la plaine,
Chassant comme feu Robinson
Et ne vivant que pour sa haine !
Or, un jour d'horrible chaleur
— Dame ! on était sous l'équateur —
Ils eurent la même pensée,
A la même heure, au même instant,
De prendre un bain dans leur étang.
Et bientôt, dans l'onde irisée,
Les voilà tous deux barbotant.
Oh ! la pudeur la plus sensible
N'eût rien vu de répréhensible :
Des joncs, épais comme un rideau,
En deux moitiés partageaient l'eau :
L'un à l'autre était invisible.
Quand, tout à coup ! des hurlements
Sur la rive se font entendre :
Des grands singes venaient de prendre
Et d'emporter leurs vêtements.
La belle-maman et le gendre
Se précipitent hors de l'eau,
Sans réfléchir que leur costume
N'est pas de ceux qu'on a coutume
De montrer sur terre. Tableau !
Hypnotisés... la bouche ouverte...
Ils se contemplaient ébahis,
Comme s'ils avaient, d'un pays
Inconnu, fait la découverte !
Et Léon se disait tout bas :
« Tiens ! tiens !... je ne connaissais pas
« Tant de charmes à la pécore !
« Mais c'est qu'elle est très bien encore ! »
De son côté, tout en émoi,
Belle-maman interloquée,
Murmurait : « Je comprends pourquoi
« Ma fille en était si toquée.
« Il est très bien bâti, ma foi ! »
Soudain, comme pris de la honte
D'avoir hasardé sur leur compte
Des propos par trop obligeants,

Nos farouches intransigeants
Se rapprochent, l'œil en furie,
Et Léon, hors de lui, s'écrie :
« C'en est trop ! il faut en finir...
« Allons ! allons ! tu vas mourir ! »
Et, souple comme une panthère,
Il bondit sur belle-maman
Qui s'affaisse sans mouvement !. .
. . . .
Neuf mois après elle était mère ! ! !

*
* *

Et puis, après ?... je ne sais pas...
Mais ma morale est claire et nette :
La haine peut en certains cas
Envahir le cœur et la tête,
Elle ne va jamais plus bas.

MON CHAMP

Quand j'épousai Madelinette,
Ah ! ce fut un bienheureux jour !
Elle était, ma chère brunette,
Belle à ravir et faite au tour !
Quoique sans dot, sans apanage,
Son avoir était alléchant,
Car pour sa part dans le ménage
Elle apportait son joli champ.

Ce champ était petit, sans doute,
Mais fallait-il le mesurer !
Et vite je perçai la route
Qui me permit de l'explorer.
Chapeau bas, fier, plein de vaillance,
Me voilà creusant et bêchant...
Dès mon entrée en jouissance
Je vis que j'adorais mon champ.

Un buisson couvrait de son ombre
Mon petit bien... et croira-t-on
Qu'il avait, dans un guéret sombre,
Une fleur toujours en bouton.
Au nord, au delà d'une plaine,
On voyait deux monts se touchant...
Sur eux j'allais reprendre haleine
Quand j'avais labouré mon champ.

Parfois un torrent, dans sa course,
M'éloignait de mon cher labeur,
Et ce n'est qu'en vidant ma bourse
Que je pus m'en rendre vainqueur.
Madelinette, jamais lasse,
Me prêtait un concours touchant,
Et se moquait si, tête basse,
Je sortais trop tôt de mon champ.

Le sol se mouvait — chose rare —
Aussitôt que je labourais ..
Comme je n'étais pas avare,
Je ménageais très peu l'engrais.
Aussi, tous les ans — joie immense !
Quelle moisson se détachant !...
Il rendait en gros ma semence,
Car il était fécond mon champ.

Maintenant, je ne peux vous taire
Qu'à force de l'avoir fouillé,
Mon champ n'offre plus de mystère...
Puis mon soc est un peu rouillé.
Mon travail l'agrandit sans cesse..
Le terrain va se desséchant...
Adieu ! jours, où, gonflé d'ivresse,
J'étais à l'étroit dans mon champ !

L'ALLIANCE FRANCO-RUSSE

Mon mari n'est qu'un cornichon
Ne sachant rien d' la politique,
Aussi, comm' moi je suis pratique,
Sans le consulter, à Luchon,
J'ai fait une œuvr' patriotique.

Un étranger fort distingué,
Officier dans la marin' russe,
Beau garçon, robuste, très gai,
Et diplomate plein d'astuce,
Me proposait, tout en valsant
D'avoir en lui pleine confiance
Et de consolider l'alliance
Par un système... renversant!
Ce n'étaient ni le lieu, ni l'heure
De traiter un pareil sujet...
« — Venez m'expliquer ce projet
« (Lui dis-j') demain dans ma demeure,
« Nous serons tout seuls... Mon époux
« S'absente. »

Exact au rendez-vous,
Il arrive... tombe à mes g'noux
Et, pour débuter, m' prend la taille.
« — Fi, Monsieur!... ce n'est pas permis! »
« — Si (dit-il) contre nos enn'mis
« Il faut dresser le plan d' bataille,
« Et, tout d'abord, avec entrain,
« Forcer quelque rude passage :
« Commençons par celui du *Rhin!...* »
« — Certes ce projet est fort sage,
« Seulement il me faut encor,
« Malgré ma confiance profonde,
« Être sûre que cet accord
« Sera secret pour tout le monde? »
« — Ayez foi dans ma probité
« (Répond-il), c'est chose entendue,
« Mais pressons... car de mon côté
« La situation est tendue. »
« — Alors, mon gentil matelot,
« Concluons... et n' soyez pas ladre :
« Aux beaux vaisseaux de votre escadre
« Ajoutez encore un brûlot;
« La fête sera réussie.
« J' suis patriote et j' sais mon d'voir,
« Vos forc's naval's je veux les voir,
« J'tez l'ancre!... et vive la Russie! »

Les préliminair's sont d'abord
Signés — comme avant tout accord —
Sans la moindre petite tache;
Déjà, mon allié tout brûlant,
Désigne un mouillage excellent
Qu'il choisit pour son port d'attache,
Quand, tout à coup !... Ah ! quel émoi !
Je dus lui dir' : « Mon pauvre Russe,
« L'Itali', l'Autriche et la Prusse
« Ne m'arrêtent pas, croyez-moi,
« Seul'ment, armez-vous de patience,
« J'ai prévu la Triplice... mais
« Je n'avais pas prévu l'Anglais
« Dont la visit' retard' l'alliance ! »

Ah ! si nous somm's venus à bout
D'échanger notre signature,
Ça n' s'est pas fait du premier coup,
Ça n'a pas été sans rature.
Enfin c'est fait.
Voilà comment
Quand on y met d' l'acharnement
On arrive toujours au terme...
Félicitez-nous égal'ment :
Si la Russi' se montre ferme,
La Franc' se donn' bien du mouv'ment !

LE CHARIOT EMBOURBÉ

Un lourd chariot, dans une énorme ornière,
    Se trouvait pris jusqu'au moyeu ;
  Le charretier jurait des « nom de Dieu ! »
Tirait à hue, à dia .. rien de cette marnière
Ne le faisait sortir. On lui disait en vain
Qu'il devrait décharger à moitié sa voiture,
    Lui, — plus entêté que nature,
S'obstinait à frapper ses bêtes. La nuit vint.
Un brave paysan lui dit : « C'est difficile...
    « Vous n'en sortirez pas...
    « Venez partager mon repas...
« Vous passerez la nuit, là, dans mon domicile
« Et pourrez, au matin, vous tirer de ce pas. »
  Le charretier consent. La ménagère,
    Margot, met le couvert pour trois.
    On rit... on boit... on fait joyeuse chère...
Les voilà bons amis dès la première fois.
L'heure de s'en aller coucher était venue.
« Diable ! dit le fermier, nous n'avons qu'un seul lit...
« Vous loger à l'étable.., et sur la paille nue
    « De ma part serait peu poli...
    « Baste ! une nuit passe rapide,
« Nous coucherons à trois... je prendrai le milieu
    « Du lit... ça vous va-t-il ? » — « Cordieu !
    « Oui » dit l'homme, dont l'œil avide
    Dévorait, depuis un moment,
De la belle Margot, les richesses du buste.
Elle, de son côté, lui trouvait l'air robuste

Et leurs deux genoux, fréquemment
Sous la table, s'étaient causé fort savamment.
On se couche. Bientôt le fermier débonnaire
S'endort. Ses voisins, au contraire,
Ne pouvaient fermer l'œil : chacun d'eux s'étirait,
Se retournait et soupirait.
Mais que faire ?
Un obstacle ronflant, hélas ! les séparait.
Au bout d'une heure ou deux le fermier se réveille..
L'abus qu'il avait fait le soir de la bouteille,
L'oblige à se lever, sans le moindre retard,
Pour se soulager du nectar.
Tout d'abord, il prête l'oreille
Et puis n'entendant rien :
« Bon ! — dit-il, — ça va bien ! »
Et glissant, hors de la couchette
Il descend l'escalier qui conduit à la cour.
Aussitôt, vous pensez, nos assoiffés d'amour,
Sans perdre une minute à se conter fleurette,
Se précipitent tout de go
Dans les bras l'un de l'autre,
Et taillent, pour le front du mari bon apôtre,
Du bois à tire larigot.

Mais l'époux allégé regagnait la chambrette
Avant que l'hymne fut achevé tout entier :
Il arrive à la porte et tout à coup s'arrête...
Il entend des soupirs... « Tiens ! c'est le charretier
« Qui pense à sa voiture au milieu de son somme...
« Ah ! ah ! ah !... mon bonhomme !
« Soupire et geins maintenant, c'est tout comme.
« Tu n'as pas voulu l'alléger ?...
« Tu ne sortiras pas de ce trou, quoi qu'on dise,
« Sans décharger
« Ta marchandise. »

IMPRESSIONS DE VOYAGE

Pendant leur voyage de noces,
Par les pays les plus divers,
Dans tous les coins de l'Univers,
Tous deux s'en sont payé des bosses !
Rentrés chez eux, les chers époux
Sont au lit... lieu propice et doux
Pour se bien prouver qu'on s'adore :
Et le couple se remémore
Tous les incidents des parcours,
Les belles nuits, les heureux jours,
Les Kangourous d'Océanie,
Les chameaux de l'Abyssinie
Et les rennes du Labrador.
— T'en souviens-tu, mon Eugénie ?. . .
— Te rappelles-tu, mon Victor ?...
Et chacun dit sa préférence,
Ce qu'il trouva le plus charmant,
Le ciel du Maroc ou de France,
La mer Rouge ou le lac Léman.
Pour rappeler leurs chevauchées
Leurs lèvres se sont rapprochées ;
Leur mémoire fait du chemin,
Et, sur des contours magnifiques,
L'époux ponctue, avec la main,
Ses souvenirs géographiques.
Quand il rappelle le Mont Blanc
Notre explorateur vigilant
Trouve deux exemples qu'il presse
Et qui pointent sous la caresse.

Il va de la nuque aux talons
Sautant des roses mamelons
Au bois ombreux, à la colline,
Et parcourt, de façon câline,
La ligne exquise des vallons.
Il a mis en verve l'épouse
Par son intarissable entrain
Et quand il arrive à Shaffhouse,
Expliquant la chute du Rhin,
Elle interroge, palpitante :
« De tous ces pays merveilleux
Quelle ville aimerais-tu mieux
Pour y planter un jour, ta tente ? »
— « C'est Pékin » — « En Chine ? Bon Dieu !
Pourquoi Pékin ?... dis, je t'en prie..... »
— Pour cette raison, ma chérie
Que c'est l'Empire du Milieu. »
Et son geste adroit, qui s'écarte,
Sur une imaginaire carte
Marque le paradis chinois.
— « Et toi, dans les deux hémisphères,
Quelle est celle que tu préfères ? »
Elle hésite... puis, tout à coup !
Blottissant sa tête et son cou
Rougissants sous la couverture,
Bien convaincue, elle murmure :
— « Oh ! moi, j'aime mieux Tombouctou. »

UN VENT DE MISÉRICORDE

J'ai toujours aimé la compagnie des curés de campagne ; je parle bien entendu, de ceux-là qui ont bonne cuisine, bon cordon bleu et,

en plus de l'ordinaire rouge et blanc, cinq ou six dernières bouteilles de vieux Bourgogne — dont on boit trente par an — et qui restent toujours aux cinq ou six dernières.

En 1867 mon destin aventureux m'ayant assigné les Cévennes, comme résidence, j'allais parfois rendre visite au curé d'un petit village, perdu dans un val profond, aux confins de la Lozère et de l'Ardèche.

C'était un gros réjoui de cinquante ans, franc picard, exilé dans un coin ignoré de tous, à la suite d'un petit scandale dont il avait été le héros à la cure de X..., en Picardie. Oh ! un rien... la confession trop complète d'une jolie pénitente, qui avait fait potiner tous les indigènes et obligé l'évêque à déplacer le gaillard.

Il ne s'était pas autrement désolé de la punition. C'était un philosophe, très voltairien, ayant quelque fortune et une gouvernante, encore très accorte malgré ses quarante ans, qui savait faire sauter un poulet ou rôtir un canard comme pas une. Avec ça un bon cœur, un appétit gargantuesque, un gosier de chair salée et une belle humeur perpétuelle.

Il était peu sévère pour ses rares paroissiens, étant lui-même d'une orthodoxie plutôt tiède.

Un jour que nous venions d'attaquer un succulent caneton à la rouennaise, il dit à Joséphine qui, d'ailleurs, semblait attendre cet ordre : « Si vous alliez nous chercher une de ces dernières de vieux Corton, vous savez? » Et ceci, accompagné d'un clignement d'œil goguenard qui lui était habituel.

Joséphine s'en allait vers le cellier, situé au fond du jardin. Je suivais, d'un regard intéressé, ses robustes rondeurs qui s'éloignaient lentement, quand, à travers le grillage entourant la maison, je vis passer trois religieuses à blanches cornettes, qui traversaient l'unique ruelle du village.

Une d'elles me sembla particulièrement jolie, et je ne pus m'empêcher de pousser une exclamation, admirative et convoiteuse.

Mon curé sourit : il avait suivi mon regard et deviné le motif de mon étonnement.

— Ah ! Ah ! vous admirez sœur Sainte-Marie ?

— Je l'avoue (la religieuse avait déjà disparu). Vous avez donc des sœurs, ici ?

— Trois, qui font le service d'infirmières dans un petit hôpital improvisé pour les travailleurs, blessés ou malades, du chemin de fer qu'on construit dans nos montagnes.

— Ah ! — fis-je, avec toujours la gracieuse vision devant moi — c'est beau d'avoir la foi qui donne cette vocation de sacrifier sa vie à son prochain, inconnu et souvent répugnant.

Mon curé se mit à rire, narquois.

— Comment ! vous ne croyez pas à la vocation ?... vous, un prêtre?

— Si... si... parfois,... mais ce n'est pas toujours la foi qui la décide... à preuve sœur Sainte-Marie.

— Ah ! bah ! — et comme il continuait de sourire malicieusement à quelque souvenir joyeux, j'insistai pour connaître l'histoire de la jolie sœur.

— Je vais vous la narrer... mais auparavant...

Et il remplit nos verres du trésor bourguignon que Joséphine venait d'apporter et de déboucher avec des soins de mère démaillotant son bébé. Il conta.

C'était il y a trois ans ; dans un gros bourg, non loin d'Alais. Le curé était un vieux bonhomme, très borné, très sourd, mais charitable. Il avait la manie des longs prêches et surtout des sujets ardus, abstraits, incompréhensibles à ses ouailles qui, naturellement, ne l'écoutaient plus, et, profitant de sa surdité, bavardaient à qui mieux mieux, pendant qu'il tonnait ses malédictions contre les péchés du jour, avec forces gestes martelant le rebord de la chaire.

Fougueux réactionnaire, il s'efforçait le plus souvent à dire des choses désagréables au gouvernement de l'Empire, qui ne s'en portait pas plus mal en ce temps là, mais comme le Sénat venait de repousser un projet de loi contre les congrégations, il était, ce jour-là, porté vers l'indulgence envers les usurpateurs, comme il appelait tous ceux du pouvoir.

Il venait d'en arriver à cette période :

« De nouvelles persécutions, rappelant les plus mauvais jours de la Rome païenne, allaient être ordonnées par les hommes que le Seigneur aveugle, dans ses desseins impénétrables... »

L'auditoire ne bavardait pas ce dimanche-là, mais n'écoutait guère ; il sommeillait, la chaleur étant accablante. Notre curé, manquant de mémoire, s'était tu, cherchant à renouer le fils cassé de son discours.

Tout à coup, le silence profond de l'église fut troublé par un bruit insolite... un de ces accidents... comment dire ça?... Ah ! bast ! nous sommes entre hommes... par un de ces oublis humains, auxquels nous sommes tous assujettis et que nos bons aïeux appelaient sans barguigner : un pet. Mais un pet de bonne santé, modulé mélodieusement du grave à l'aigu et qui fit dresser le nez à tous les fidèles assoupis, ahuris, n'en croyant pas leurs oreilles.

Notre curé seul n'entendit rien. Un sourire de contentement passa sur son visage, il venait de retrouver la suite de son sermon, il reprit :

« Mais un vent de miséricorde vient de souffler... »

Alors, ce fut un rire formidable qui ébranla les piliers du temple. Les dévôts les plus austères se tordaient.

Mais le, ou plutôt la coupable s'était trahie. D'ailleurs ses voisines l'avaient entendue. Elle crut voir le poing du curé tendu vers elle, telle l'épée de l'archange chassant Eve du Paradis ; elle se leva, les yeux dans son mouchoir, rouge de honte, et se sauva hors de l'église.

C'était Mlle Charlotte Castorette, la fille du notaire, dont l'assoupissement après un déjeuner familial et trop farineux, avait causé le scandale ; c'était une mignonne enfant, aujourd'hui sœur Sainte-Marie, qui n'avait pu retenir son indiscrétion intestinale.

Elle faillit en devenir folle. On ne l'appelait plus que le « vent de miséricorde ». Un fiancé l'avait lâchée, ne voulant plus entrer dans une famille aussi mal élevée. Son père ne lui cacha pas qu'il serait obligé de quitter le bourg, ne pouvant plus faire sa partie au café, où les amis lui disaient à tout propos : « A vous de jouer, père la miséricorde ». Il sentait bien qu'il en mourrait.

Alors Charlotte prit le voile et se consacra à Dieu, pour échapper aux quolibets qui la martyrisaient.

Et le curé, choquant son verre contre le mien, ajouta avec un gros rire rabelaisien :

« Et voilà comment la vocation peut ne pas venir de la foi, mais d'un accident ridicule. A la vôtre ! et vive la gaité gauloise ».

LE GRAIN DE BEAUTÉ

Je me trouvais en villégiature, chez mon ami X..., dans sa belle propriété d'Anjou.

La vie de château ne me plaît qu'à deux conditions : d'abord que la cuisine et la cave soient parfaites ; ensuite (j'aurais même dû commencer par là) que les châtelaines et invitées soient jolies et hospitalières.

Hélas ! X... avait un cordon bleu émérite, des vins exquis, mais les invitées, de cette fournée, étaient décourageantes, non par leur manque de bonne volonté à coqueter, à fleureter, voire même à entrer dans la voie du crime, — mais à cause de l'absence de charmes incitateurs.

Aussi, le huitième jour, annonçai-je à mon hôte qu'une affaire urgente me rappelait à Paris le lendemain.

Ce matin-là, je me levai à l'aube et résolus d'aller dire adieu au bois joli qui touchait au château et contempler une dernière fois la splendeur matinale de ce pays, superbe, mais trop dénué de prêtresses desservant mon culte favori.

Il y avait, à cinq cents mètres du château, à l'orée du bois, une petite rivière coulant sous les grands arbres, et où prenaient leur bain les invitées de X... L'approche de cet endroit était défendu au sexe barbu de cinq à sept heures du soir, et je n'aurais certes jamais eu l'envie de violer la consigne, car la tournure de ces dames ne laissait pas soupçonner des trésors cachés.

Je pénétrais dans le bouquet de saules qui bordait la rivière quand mon oreille fut frappée par ce bruit bien connu que font les mains des baigneurs s'ébrouant dans l'eau.

Je m'avançai silencieusement, j'écartai les branches basses d'un saule. Un cri répondit à mon geste et je vis un délicieux corps de femme émerger du flot limpide. La superbe apparition avait porté si rapidement les mains à son visage que je n'avais pu le voir. D'ailleurs, elle me tournait le dos et, rapidement, regagnait la rive opposée, puis disparaissait dans le taillis.

Mais j'avais eu le temps de caresser de l'œil des formes d'une élégante robustesse et d'apercevoir, sur la dodue fesse gauche, un énorme grain de beauté dont la tache noire ressortait attirante, sur la blancheur de la peau.

Je rentrai au château, méduse par ce grain de beauté !

Pendant le déjeuner, mon œil investigateur, indiscret, courut de la nuque aux chevilles de ces dames. Pour la première fois, je remarquai deux d'entre elles dont les contours valaient d'être approfondis. Mais laquelle possédait ce corps merveilleux, ce signe exquis ? Je voulais le savoir. Je ne partais plus pour Paris ; le grain de beauté me retenait en Anjou.

Il y avait une femme de chambre, fort gentille, au minois futé, au sourire engageant ; il m'était venu deux ou trois fois à l'idée que, faute de grives, cette merlette aurait pu satisfaire mon appétit exaspéré, mais elle était accaparée par ces dames ; de plus, Justin, le maître d'hôtel, semblait la couver d'un regard jaloux ; je ne voulais pas me faire un ennemi de ce fonctionnaire important et j'avais résisté à cette envie de conquête ancillaire.

Quelques pourboires acceptés, de ci, de là, par Louisette, m'avaient laissé supposer qu'elle était accessible à la corruption. Je la pris à l'écart et, lui glissant un louis, je la priai de venir me trouver dans ma chambre pour un renseignement pressé à obtenir d'elle.

Elle sourit, en acquiesçant de la tête, et une demi-heure après, elle arrivait.

— Louisette, c'est vous qui déshabillez ces dames ?

— Oui, M'sieu... pourquoi ?

— Ecoutez, ma petite Louisette — et je lui mis quelques pièces de menue monnaie dans la poche de son tablier — dites-moi quelle est celle qui possède un grain de beauté... là...

— Oh ! M'sieu.

— Ne fais pas la bête... dis-moi son nom et je te donne cent francs.

Elle parut réfléchir.

— Dame ! j'ai point remarqué, mais puisque vous y tenez tant, écoutez : ces dames vont se baigner avant le dîner... je ferai attention à la chose que vous dites, et, ce soir, je vous dirai si je l'ai vue.

— Mais laquelle s'est baignée ce matin ?

— Laquelle ?... J'sais point. — Et Louisette se sauva, affirmant qu'une sonnette venait de tinter, l'appelant chez Madame.

L'après-midi me parut interminable. A cinq heures, je dus appeler à mon aide toute mon énergie pour ne pas me glisser vers la rivière où mon grain de beauté trempait en ce moment.

O bonheur ! Au commencement du dîner, Louisette me décocha un sourire, ponctué d'un clignement d'œil, qui voulaient clairement dire : « Ça y est ! »

A dix heures, prétextant une migraine atroce, je lâchai les jeux innocents qui sévissaient au salon, et je remontai dans ma chambre. J'attendis, fiévreux, jusqu'à minuit. Plus de lumières, plus de bruit. Tout le château dormait. Et cette Louisette qui n'arrivait pas me livrer le secret dont l'énigme enfiévrait mon front et perturbait mon être !

Enfin elle apparut, légère comme une ombre, poussant la porte laissée entr'ouverte. Elle avait un grand peignoir qui l'enveloppait. Je courus à elle.

— Tu sais ?

— Oui.

— Dis.

— Oh ! M'sieu, j'risque ma place... si on apprenait jamais...

— Tu auras deux cents francs !

— Non.

— Trois cents... quatre...

— On dit ça... on promet... puis après ..

Je bondis au secrétaire et pris une liasse de billets. J'étais fou !

— Tiens !...

— Vous m'en direz tant !... Alors, vous voulez le revoir le petit... machin de beauté, que vous appelez ?

— Mais dis donc vite !

Elle alla s'assurer à la bougie que les billets bleus n'étaient pas une farce, puis revint souriante vers moi, me tourna le dos, se voila la face d'une main, et de l'autre dégrafa son peignoir qui tomba, la livrant sans aucun voile à mes yeux éblouis. Je poussai un cri ! C'était Louisette qui était détentrice du fameux grain de beauté !

***

Une heure après, je lui disais :

— Sais-tu, Louisette, que tu es ravissante, et qu'aucune de ces dames ne pourrait rivaliser avec toi ?

Elle me répondit, naïvement cynique :

— Oh ! ça, c'est l'opinion de tous ces Messieurs qui viennent ici.

— Alors, petite coquine...

— Dame ! faut ben qu'j'amasse une dot pour épouser Justin.

— C'est vrai. Lui aussi est épris du grain de beauté.

Elle eut un recul indigné :

— Oh ! M'sieu ! pour qui m'prenez-vous ? Il ne l'a point vu, lui !

THÉODULE EST FIXÉ

Depuis ce jour fatal, le doute torturait le cœur de Théodule Mintioflut, ancien avoué, actuellement maire de Flamiche-en-Vermandois, près de Saint-Quentin.

Avait-il, n'avait-il pas trompé sa femme?

Telle était la question qui, pareille à l'Œil, chanté par Hugo, se posait sans cesse devant lui, empoisonnant ses jours et détraquant ses nuits. Lui, qui jusqu'alors avait été vertueux! Lui, dont la fidélité conjugale n'avait même pas été effleurée par l'aile d'un désir illégitime!

Invité par le gouvernement, il s'était rendu à Paris, au banquet des maires. Sobre d'ordinaire, il avait tant et si bien mangé et bu aux frais des contribuables que, vers les onze heures du soir — sans se rappeler par quels tortueux chemins, par quels titubants crochets — il s'était échoué, effroyablement gris, dans le hall du Moulin-Rouge.

Il ne se rappelait rien, que ceci :

Deux femmes, répondant aux doux noms de Môme Livarot et de Grenouillère, l'avaient pris, chacune par un bras, et avaient eu l'obligeance de lui offrir l'hospitalité dans un hôtel.

Le garçon l'avait réveillé, le lendemain, à deux heures de l'après-midi. Ses compagnes avaient disparu; son portefeuille aussi. Il dut laisser sa montre pour répondre des nombreuses bouteilles de champagne que ces dames, paraît-il, lui avaient offertes.

Il regagna tristement ses lares. Sa femme fut effrayée des changements qui s'étaient produits sur cette bonne face, si réjouie d'habitude. Les traits creusés, l'œil morne et la tête baissée, Théodule semblait avachi sous le poids d'un remords implacable.

Il conta que ces gredins de filous, dont Paris est plein, lui avaient volé son portefeuille et sa montre, — d'où son ennui.

Pendant deux ans sa mélancolie empira. Sa femme, très inquiète, voulut qu'il consultât un médecin de la ville ; il refusa toujours. Elle l'entendait, stupéfaite, bégayer la nuit des mots étranges, incompréhensibles : « Grenouillette... Moulin... Môme... Livarot... »

Un jour qu'il était aux champs, en train d'examiner comment se comportaient ses betteraves, avec, toujours, le même point d'interrogation au cerveau : « Ai-je trompé Mélanie ? » il eut comme une secousse ; un voile se déchira dans les profondeurs obstruées de son intellect : la génération spontanée d'une idée géniale venait d'avoir lieu.

Il rentra au logis le front si rasséréné que sa femme en fut frappée.

— Tu te sens mieux, on dirait ?

— Pas encore, mais je viens de décider que j'irai à Paris. Tu as raison, je ne peux pas rester dans cet état-là.

— Ah ! Ce n'est pas malheureux que tu te décides à te soigner, que tu consentes enfin à écouter ta femme.

Le lendemain, Théodule débarquait à la gare du Nord vers six heures du soir. Il fit porter sa valise à l'hôtel en face, répara un brin sa toilette et sortit.

Il dîna copieusement, en homme qui a besoin de forces pour accomplir quelque travail commandé. Après, il but un bock à la terrasse d'un café du boulevard, regardant les personnes sans les voir, tout à sa pensée. Neuf heures sonnant, il se leva, prit, à pas lents, les rues Le Peletier, Notre-Dame-de-Lorette et Fontaine, et se trouva devant le Moulin-Rouge.

Il entra, le cœur ému, mais l'air décidé.

Les danses n'étaient pas encore commencées : il attendit.

Bientôt l'orchestre préluda. Les danseuses vinrent se placer au centre de la vaste salle et le froufroutement des dessous annonça qu'elles s'apprêtaient pour leurs ébats, dits chorégraphiques.

Théodule eut un frémissement de joie et de terreur tout à la fois : il venait de reconnaître Grenouillette.

Quand elle eut terminé son quadrille par un merveilleux « Présentez armes ! » exécuté avec la jambe, il s'avança vers elle.

— Mademoiselle, je désirerais vous demander un petit renseignement...

— Paies-tu un bock, d'abord ?

— Deux si vous le désirez.

On s'attabla.

— Mademoiselle, j'ai une question délicate à vous poser.

— Si c'est pas un lapin, vas-y, Henri !

— Pas Henri, Théodule. Voici ma requête, et j'espère que vous aurez la bonté d'y répondre, car vous devez être bonne autant que belle.

— Tu parles, Charles.

Théodule, s'il vous plaît. Voilà. Vous devez vous rappeler de moi : il y a deux ans, dans ce même lieu...

— Ah ! mince ! s'il fallait se rappeler tous les types !... (Ici Grenouillette s'interrompit pour examiner plus attentivement son compagnon). Pourtant m' semble bien que j'ai déjà vu cet' bobine quéqu' part !

— Vous l'avez vue. Eh bien ! — et Théodule, rougissant un peu, baissa la voix — je voudrais savoir jusqu'où je suis allé avec vous...

— Jusqu'où ?... Attendez donc... Jusqu'à l'hôtel des Passagers,

— Vous ne comprenez pas... je veux dire... jusqu'où...

L'orchestre entama l'ouverture d'une valse.

— Zut ! faut que j'aille au turbin, s'écria Grenouillette en se levant. T'en va pas, je r' viens, Adrien !

Elle n'a pas la mémoire des prénoms, pensa Théodule, mais elle m'a reconnu, elle se souvient, je vais donc enfin savoir... cette fille a un langage incorrect, mais ses yeux sont éloquents.

La valse achevée, Grenouillette revint.

— Flûte ! j'en ai assez... paies-tu à souper ?

— Oui, si vous consentez à me donner le renseignement d'où dépend le repos de ma conscience ?

— J'te donnerai tout ce que tu voudras, Nicolas !

Et elle guida Théodule vers le cabaret de la *Truie agonisante*, où la choucroute garnie est de tout premier ordre, et les « demis » toujours bien tirés.

*
* *

Le lendemain, Théodule Mintiofiut reprenait le train pour Flamiche-en-Vermandois.

Il était rayonnant. Seul, dans son compartiment, il se frottait les mains, joyeux et monologuait :

— Maintenant, le doute horrible ne me meurtrira plus de ses pinces hideuses. Je suis fixé ! Et comme il aura raison le philosophe qui dira quelque jour : « La faute est moins lourde à porter que l'incertitude de l'avoir commise. »

Mélanie, sa bonne épouse, l'attendait, anxieuse. Quant elle le vit arriver, si guilleret, qu'il eut déposé sur ses joues deux de ces gros baisers dont elle était désaccoutumée depuis longtemps, elle s'exclama, toute joyeuse :

— Te voilà guéri? Alors, tu as trouvé un bon médecin?

— Excellent!

— Et qu'est-ce qu'il a ordonné?

— Rien... Si, il exige que j'aille le voir une fois par mois, sans faute.

LE DÉJEUNER DE MINET

Quand mon chat, Minet, dans l'alcôve,
S'étire, au premier chant d'oiseau,
Il me tend son joli museau
Dont j'adore l'effluve fauve !

Le matin, pour mieux m'éveiller
Le long de ma jambe se presse
Et pour quêter une caresse
Se hisse jusqu'à l'oreiller.

Il demande une friandise...
Alors quand j'ai vingt fois baisé
Et rebaisé son poil frisé,
Je satisfais sa gourmandise.

D'abord d'un doigt léger, furtif.
J'excite sa lèvre charmante,
Et sa faim tout de suite augmente,
A ce premier apéritif.

Il se tord comme une couleuvre...
Il réclame un plat sérieux...
Je lui donne, en attendant mieux,
Un peu de langue pour hors d'œuvre.

Dans ce déjeuner matinal,
Il ne mange pas, il dévore !
Ce qu'il faut à mon carnivore
Ce n'est pas un morceau banal.

Aussi, voyez comme il le guette !
Sa gueule, qui va le saisir,
Est tout humide... et le désir
Fait gonfler sa rose languette.

Plein de gourmande volupté,
Il frémit... son poil a la fièvre...
Enfin, je présente à sa lèvre
Le déjeuner tant convoité.

Il fond dessus comme un corsaire !
L'engloutissant presque en entier
Tel un formidable épervier
Etreint le moineau dans sa serre !

Par bonds pressés, par soubresauts,
Mon chat, gourmet savant, procède ;
Quand il sent que le morceau cède,
Il précipite les assauts !

Il tire !... Il presse !... il tord !... il broie ...
Rien du festin ne le distrait,
Non, rien !... tant qu'il n'a pas extrait
Tout le suc que contient sa proie.

Alors, il se couche ravi ;
Tout pantelant, il se repose,
Mais sa voluptueuse pose
Prouve qu'il reste inassouvi.

Mais moi, je réclame une trêve :
Mes magasins sont épuisés...
Je le calme avec des baisers...
Il se rendort... et mange... en rêve.

Aussi de ce chat je suis fou !
Soir et matin je le câline.
Détail : seul, dans la gent féline,
Mon Minet a l'horreur du mou !

UNE VICTIME DU BON-BOCK

Basile Vatant (de la maison Vatant, Teufer, Fisch et Cie) est un honorable commerçant ayant toutes les qualités morales et physiques propres à faire le bonheur de Geneviève son épouse, excellente petite créature, très simplette d'esprit, mais gentille à croquer.

Et ce bonheur, il le lui donne, étant lui-même un homme de cœur aimant, de manières caressantes ; il le lui donne tout le long du mois, sauf un jour, le deuxième mardi du mois. Ce jour là, Geneviève est la plus malheureuse des femmes.

Et voici pourquoi :

Le deuxième mardi de chaque mois, Basile Vatant se rend au dîner du Bon-Bock. Il fait partie de cette célèbre et joyeuse société, depuis quinze ans, et on lui offrirait tous les trésors de Golconde (vieux style) pour manquer à son banquet mensuel, qu'il les refuserait avec indignation.

Il a son Bon-Bock dans le sang ; il lui faut sentir les coudes de ses copains, une fois par mois. Ça lui fait oublier le souci des affaires, ça lui refait une virginité d'humeur, c'est le blanchissage de son cerveau.

Le malheur c'est que Basile, sobre d'ordinaire comme un méhari, boit ce soir là comme une éponge.

Le dîner offert, aux Bons-Bockeurs, moyennant 5 fr. 50, n'est pas sardanapalesque. Le menu invariable, composé de soupe aux choux, bœuf idem, jambon aux épinards, gigot aux haricots, n'est pas arrosé de vins miraculeux incitant les palais à s'en gargariser outre mesure, fussent-ils de chair salée, comme celui d'Olivier Basselin, — mais il y a l'après-banquet.

Quand, à onze heures et demie, saturés de choux, de haricots, de poésie et de musique, les convives évacuent l'immense salle à manger-concert, les trois quarts rentrent chez eux, pressés de raconter à leurs femmes, anxieuses dans le dodo, les joyeusetés entendues au cours de la soirée et de les faire profiter de l'émotion galante que ça leur a donnée.

D'autres s'éparpillent dans la nuit, ayant encore, affirment-ils, des rendez-vous d'affaires, très urgents. Ce sont les jouisseurs égoïstes. Enfin, les derniers, sans hésitation, vont en face, prendre les bocks de l'étrier.

Basile n'a jamais pu résister à l'invitation de ces derniers. En vain sa conscience, qui prend la voix de sa femme, lui dit : « Tu vas encore te pocharder !... sois raisonnable une fois dans ta vie... tu sais ce qui te pend au nez ! » Il écoute cette voix sympathique, il est près de se rendre, mais déjà les camarades l'ont entraîné sous le bras, et le bock est servi qu'il n'a pas encore répondu à sa conscience. Si, il finit par lâcher un : « Et puis, flûte ! », se met à boire bock sur bock et se grise complètement.

Mais Basile n'a pas la boisson gaie ; il s'assombrit à chaque lampée et, quand il a pris, suivant l'usage, deux ou trois petits verres de schiedam, en guise de pousse-bière, il devient lugubre ; une manie singulière s'empare de lui : il veut absolument que tout le monde soit cocu ; il affirme que sa femme le trompe et cherche à persuader les amis qu'ils sont minautorisés dans les grands prix.

On a beau lui dire : « Mais tu es fou, ta femme est la fidélité même, c'est connu. Tu vas la retrouver t'attendant, l'œil en joie, le cœur et les bras hospitaliers. »

— Non ! — répond notre bon pochard, avec l'obstination inhérente à sa situation, — non !... Je ne veux pas la déranger... Je suis un misérable !... J'ai ce que je mérite. D'ailleurs, vous aussi... tous... vous l'êtes ! Tiens... toi... tu crois que ta femme est chez elle ?... Ah !... mon... mon pauvre vieux !... elle est..

Comme chacun l'a lâché successivement, car il est toujours désagréable d'entendre de ces choses là, même quand ça ne peut être vrai, Basile reste seul avec les garçons qu'il cherche aussi à convaincre de leurs malheurs conjugaux. Les garçons rient, connaissant sa turlutaine, et, comme on ferme, le mettent doucement, poliment, à la porte.

Alors il déambule par les rues et les boulevards, contant sa peine aux arbres, aux becs de gaz, aux passants, — à qui il conseille de rentrer vite chez eux, constater leur infortune, — jusqu'à ce que, prenant à partie un pauvre gardien de la paix qu'il finit par embrasser, comme collègue en cocuage, celui-ci froissé, rasé, le conduit au poste d'où on le relâche le matin, honteux, désolé, dégrisé.

Il rentre alors, se jette aux pieds de Geneviève et se fait pardonner de la naïve créature, à grands renforts de caresses de derrière les fagots.

Il jure que cela ne lui arrivera plus ...et recommence le mois suivant.

∴

Cependant à l'heure de se rendre au dernier banquet, Basile fut touché par le baiser câlin de Geneviève qui lui dit, en l'accompagnant à la porte : « Amuse-toi bien et ne te fais pas de bile, mon chéri ! »

Basile fut préoccupé pendant tout le dîner ; les choux lui furent lourds, le Mâcon lui parut avoir un goût d'Argenteuil, les épinards se montrèrent impuissants à faire glisser le jambon et les haricots le laissèrent silencieux. Deux morceaux de clarinette eurent pour effet d'augmenter sa mélancolie. Il avait la crainte du couac de clarinette, le plus lamentable de tous les couacs, et la peur, l'angoisse de voir l'exécutant avaler son anche dans un paroxysme d'*Allegretto*. Sous un prétexte toujours admis, il se leva, courut au vestiaire, puis à la porte, héla un cocher de fiacre, jeta son adresse et partit en esquissant le sourire de satisfaction d'un homme qui fait son devoir, pour la première fois, depuis longtemps.

Il paya royalement le cocher, gravit lestement ses deux étages, tira sa clef, ouvrit la porte, glissa légèrement sur les tapis pour mieux surprendre sa chère endormie, pénétra dans la chambre à coucher où se mourait une lumière rose de veilleuse et... poussa un cri de stupéfaction !

Teufer, son associé, le remplaçait auprès de Geneviève, et le gredin, sans perdre une minute à expliquer son inexplicable présence en ces lieux, filait, avant que Basile, anéanti, ait fait un geste pour l'en empêcher.

Quant à Geneviève, l'âme simplette, elle se leva, vint tendre son front rougissant à Basile, et lui dit :

— Pardonne-moi ! mais tu souffrais tant chaque mois, avec tes idées sur moi.

— ?...

— Alors, j'ai pensé : comme ça il ne se fera plus de bile *pour rien*.

∴

On annonce le divorce des époux Vatant et la dissolution de la maison de commerce Vatant, Teufer, Fisch et Cie.

UN BON JUGE

Il était minuit. Joseph Bidouillet revenait d'un banquet offert par ses camarades et lui à leur sous-chef, à qui dix ans d'absence dans les bureaux du ministère des beaux-arts avaient valu la haute distinction d'officier d'académie.

Bidouillet se trouvait dans cet état d'âme particulier aux gens qui ont le vin gai : il voyait tout en rose, et, le long du chemin suivi pour regagner son domicile, rue de La-Tour-d'Auvergne, il chantonnait en titubant quelque peu.

A vingt pas de sa porte, il aperçut une silhouette de femme qui semblait attendre qu'on lui tirât le cordon. Il se précipita pour pénétrer en même temps. Trop tard! la femme était entrée. Il sonna ; la concierge non encore endormie, lui ouvrit aussitôt. Il se hâta vers l'escalier, où bruissait un pas léger dans un froufroutement d'étoffes qui lui parut un appel mélodieux à ses bonnes dispositions.

Joseph Bidouillet était le plus rangé des hommes, le plus fidèle des époux, et jamais sa femme Isabelle n'avait eu un reproche à lui adresser sur sa conduite. Mais voilà, il avait beaucoup bu, et comme il manquait d'entraînement dans ce genre de sport, sa raison s'en ressentait et ses idées sur la morale, qu'il étalait si complaisamment à toute occasion, étaient noyées dans les flots du champagne absorbé.

Pensait-il à mal? Non... il ne pensait pas... il suivait, attiré par ce froufrou délicieux qui éveillait en lui cet animal rose et succulent que Monselet affirme être niché au fond du cœur le plus immaculé.

Vers le troisième étage, il rejoignit la femme qui se dépêchait de monter en entendant des pas derrière elle, mais il faisait si noir qu'elle n'avançait guère. Il étendit la main, et, le diable le poussant, il pinça à tout hasard.

Un cri retentit, puis cette exclamation :

— Oh! c'est trop d'insolence!... Comment! Vous vous permettez encore?...

Et une gifle nourrie claqua sur la joue du pauvre Bidouillet qui, dégrisé du coup, grimpa quatre à quatre les marches des deux étages restant à franchir. Là, l'émotion lui fit perdre une minute à chercher sa clef, ce qui donna à la femme le temps d'arriver à cette même porte. Bidouillet frotta une allumette, qui voulut bien prendre feu; un double cri ébranla la cage de l'escalier :

— Toi !

— C'était toi !

La scène qui suivit fut terrible pour Bidouillet.

— Ah ! tu pinces les femmes dans les escaliers ! C'est du propre !

— Mais, ma Louloute, puisque c'était toi...

— Tu ne le savais pas, tu croyais que c'était une autre... Tu n'es qu'un débauché ! un monstre ! un...

— Je t'assure...

— Taisez-vous !... Non, mais qui aurait pu croire ça ? Un homme qui se disait vertueux... qui n'osait pas regarder une femme dans la rue, et qui, dans les escaliers... Oh ! c'est horrible ! Moi, confiante dans sa parole, je consens à aller passer ma soirée chez tante Eulalie, où je m'embête, pendant que Monsieur se livre à ses orgies habituelles et, oubliant tous ses devoirs, fait des bleus à celle qu'il croit la première venue... car j'ai un bleu, je le sens... je le montrerai à la justice et nous divorcerons.

Bidouillet n'écoutait plus ; son front s'était plissé sous l'effort d'une obsession grandissante. Tout à coup ! cette idée, mûre à point, sortit sous la forme d'une interrogation sévère :

— Pardon, Madame !... Arrêtez là vos reproches ridicules. Voudrez-vous m'expliquer pourquoi, lorsque j'étendis la main pour... saisir la rampe, et que, se trompant de direction, elle eut le malheur de rencontrer votre... individu, vous vous êtes écriée : « Comment ! Vous vous permettez *encore !...* » Pourquoi : *encore ?...* Je veux une explication !

Ce fut au tour d'Isabelle à se troubler; mais pas pour longtemps.

— Eh bien ! oui ; je ne voulais pas te le dire pour t'éviter des désagréments — tu es tellement emporté ! — mais voilà deux fois que, rentrant à la maison, le soir, je rencontre dans l'escalier M. Durand, le propriétaire, et qu'il se permet... ce que tu t'es permis aussi.

— M. Durand !... Tu me trompes avec ce vieux singe ?

— Moi ?... Ah ! tu as dû voir comme j'ai reçu sa déclaration ?

— C'est vrai ! Mais alors... rugit Bidouillet, il a voulu attenter à mon honneur !

— N'exagère pas...

— Ça ne se passera pas comme ça... Je lui montrerai ce qu'il en coûte pour pincer le bien d'un Bidouillet.

Le lendemain matin, sans dire rien de ses projets à Isabelle, après avoir pris avec elle le café au lait coutumier, il descendit, mais s'arrêta au premier étage où demeurait le propriétaire. Dix secondes après, il était en face de M. Durand, lui jetant à la face toute son indignation, soulignée par des gestes désordonnés qui firent reculer le bonhomme, tremblant d'effroi, jusqu'au bout de son appartement où, acculé, il demanda grâce.

— Monsieur Bidouillet, je vous jure... J'ignorais que c'était Mme Bidouillet... Je croyais que c'était la locataire du second.

— Vous mentez !... et vous me rendrez raison de cette injure !

— Mais, qu'est-ce que vous voulez ? larmoya le propriétaire, dont la terreur croissante faisait augmenter dans la même proportion la colère de Bidouillet qui tablait sur la couardise bien connue de son homme.

— Ce que je veux ! mais une réparation, Monsieur...

— J'y consens... toutes les réparations que vous voudrez... Là... vous voyez bien que je regrette ce qui s'est passé... Je m'en rapporte à vous... tout ce qu'il vous plaira de demander... êtes-vous satisfait ?...

— C'est bien !... à bientôt !

Bidouillet sortit en fermant la porte avec fracas. Une heure après, M. Durand filait à sa maison de campagne de Joinville-le-Pont afin de se mettre à l'abri de son terrible locataire, et recommandait à la concierge de dire à tout le monde qu'une affaire pressante l'avait appelé au Transvaal.

Quand Bidouillet réintégra le domicile, au déjeuner, et qu'il conta à sa femme ce qui s'était passé, elle sauta de joie d'abord ; puis, se reprenant, inquiète :

— Oui, mais es-tu sûr qu'il consentira?...

— Puisqu'il m'a donné carte blanche, je te dis.

Le lendemain, la concierge, ahurie, contait à tous les voisins que les Bidouillet venaient sans doute de faire un gros héritage, car ils mettaient leur appartement tout à neuf, faisant changer les papiers, repeindre les boiseries, remplacer les serrures et poser des sonneries électriques.

Trois mois après, M. Durand, dont l'avarice primait la poltronnerie, quittait Joinville-le-Pont et entrait comme un fou dans la salle à manger fraîchement décorée où les Bidouillet étaient en train de dîner.

— Ah ! ça, Monsieur, me direz-vous ce que cela signifie ?

Et il fourrait sous le nez de Bidouillet un mémoire de travaux divers s'élevant à huit cent soixante-quinze francs trente-cinq.

Bidouillet parcourut lentement la longue nomenclature des réparations, soulignant chaque article d'une approbation de la tête, et rendit le mémoire à M. Durand :

— C'est exact... tout à fait exact... et vous savez... pas cher du tout !

— Vous vous moquez de moi ! tonna M. Durand ; vous croyez que je vais payer ces frais-là ?

— Mais c'est vous qui m'y avez autorisé.

— Moi ?

— Vous ne m'avez pas dit que vous m'accorderiez toutes les réparations qui me conviendraient ? Seriez-vous de mauvaise foi, Monsieur Durand? Vous voulez donc me faire souvenir de votre ignoble conduite ?

Il s'était dressé si menaçant que M. Durand se hâta de sortir et courut chez son homme d'affaires.

Et voilà pourquoi Bidouillet, avec sa femme comme témoin, étaient cités il y a huit jours devant le tribunal.

Le juge était de l'école de ce bon président Magnaud, avec un peu moins de hauteur de vues peut-être, mais avec plus d'humour.

Après avoir entendu demandeur, défenseur et témoin, non sans accorder à plusieurs reprises un sourire encourageant aux deux derniers, il jeta un regard sévère sur le propriétaire et rendit le jugement suivant :

« Attendu que Bidouillet a fait exécuter dans l'appartement qu'il occupe chez le demandeur des réparations sans que l'ordre en ait été donné par ce dernier à l'entrepreneur de travaux ; qu'en agissant ainsi, Bidouillet s'est rendu responsable des frais faits sans une autorisation formelle du propriétaire ;

« Mais, considérant qu'il a pu y avoir équivoque dans son esprit sur le genre de réparations que Durand consentait à lui accorder, en raison des faits ci-dessous :

« Considérant que Durand s'était permis, dans son escalier, à la faveur de la nuit, des privautés envers Mme Bidouillet ; que, malgré les protestations indignées de cette dernière, il avait récidivé un autre soir ; que le défenseur, lorsque sa femme lui eut raconté ces faits, a pu se croire en droit d'exiger une réparation que Durand a consentie, mais que Bidouillet a comprise à sa manière ;

« Considérant que la conduite de Durand est inexcusable pour son âge ; qu'elle dénote chez lui une aberration du sens moral et des instincts foncièrement dépravés ; qu'il est plus coupable que tout autre, attendu qu'en sa qualité de propriétaire il doit être le gardien des bonnes mœurs de sa maison ; que l'excuse invoquée en disant qu'il croyait pincer la locataire du second ne peut en rien atténuer son cas ;

qu'il reconnait avoir, à deux reprises différentes, commis cet outrage à la pudeur de Mme Bidouillet ;

« Par ces motifs, le tribunal :

« Déboute Durand de ses réclamations et le condamne aux dépens. »

⁂

Durand, honteux et confus, jura, mais un peu tard, qu'on ne l'y prendrait plus à pincer... du moins dans sa propre maison.

UN HOMME D'ORDRE

M. Sosthène-Florimond Dufinet était un homme d'ordre, avant tout.

Les faits du jour, les fluctuations de la Bourse (il était rentier de son état), les incidents de ses repas et de ses prome-

nades, un cigare trouvé excellent, un bouton de culotte décousu, tout était ponctuellement noté sur son carnet de poche.

On y lisait des annotations dans ce genre : « Jeudi 27, déjeuné chez Barbizon, au Palais-Royal : sole assez bonne, filet médiocre, pruneaux trop laxatifs. Déjeuner 2.50, pourboire 0 fr. 20 ; chalet de nécessité 0 fr. 15. Se méfier des pruneaux de Barbizon. »

Et comme il était paillard, il inscrivait aussi : « Vendredi 28. Rencontré, après dîner, jeune brune très gentille. Offres de services alléchantes. Consenti une heure de conversation. Coût : dix francs. Je les regrette ».

Il était plus méthodique que foncièrement honnête, à preuve ceci : « Jeudi, vis-à-vis les *Magasins de l'Opéra*, on me demande l'aumône. Je donne deux sous, mais remarquant tout à coup la mine patibulaire du mendiant, je veux reprendre mon décime ; je me rappelle à temps qu'il est bolivien ; je le lui laisse ; je destinais ces deux sous à la balance automatique de la gare Saint-Lazare, où je me pèse les 7, 14 et 21 du mois, quand j'ai de la monnaie de billon qui n'a plus cours. »

Sosthène Dufinet, au temps où vivait son épouse, née Sidonie Chafoin, portait son esprit d'ordre dans les plus intimes détails. Il notait ceci : « Cette nuit ma femme me réveille, me fait souvenir que c'est l'anniversaire de notre mariage et que j'ai l'habitude de lui témoigner mon estime à cette occasion. Je vérifie son dire sur mon carnet ; c'est vrai. Je rends le témoignage demandé. Sidonie ne gagne pas en vieillissant. Moi non plus. »

Quand l'âme insignifiante de Sidonie quitta cette terre de douleurs, il ponctua de trois pleurs ces lignes tracées à la hâte : « Je suis veuf, hélas ! mais je puise ma consolation dans la pensée que je ne suis pas le seul. »

Il avait un fils, Gustave, qui entrait dans sa vingtième année lorsque sa mère mourut.

C'était ce qu'on appelle un franc mauvais sujet.

Sosthène Dufinet aurait compris, pardonné les folies, les amours coûteuses, les nuits passées au-dehors, la vie de patachon, si le jeune homme en avait tenu un compte exact et pu lui soumettre, en faisant ses demandes répétées de subsides, les pièces justificatives de l'emploi de cet argent. Mais Gustave, déréglé en tout, ignorait toute comptabilité. C'est ce qui désespérait le père Dufinet.

Un jour la cuisinière, depuis dix ans à son service, ayant servi le déjeuner trois minutes en retard, fut chassée et remplacée par une tourangelle dont les robustes charmes et l'œil caressant firent impression sur l'épiderme encore sensible de notre homme.

Engagée à quarante francs par mois, elle reçut, dès le troisième jour, soixante francs d'augmentation pour travaux supplémentaires. Le jeudi et le dimanche, Sosthène Dufinet montait à la chambre de Léonie Pouleau, à dix heures du soir, vérifiait sans doute son livre de cuisine et sortait à onze heures précises.

Un soir qu'il avait banqueté en l'honneur d'un ami (nouvellement palmé comme fournisseur du cirage au Ministère de la Marine) il se trouva gris à ce point qu'il se rendit, en titubant, à la chambre de Louise, se croyant au jeudi, alors qu'on n'était qu'au mercredi. Quand après avoir frappé les deux coups habituels à la porte, il se nomma, un bruit de voix coupé d'exclamations, un remue-ménage effaré, se firent entendre ; la porte s'ouvrit, un homme se glissa par l'ouverture, tenant d'une main un pan de sa chemise, avec lequel il essayait de dérober son visage, de l'autre ses vêtements ramassés à la hâte.

Un rayon de lune, filtrant par la fenêtre du palier, trahit notre amoureux surpris ; c'était Gustave.

Sosthène Dufinet ne fit pas un geste pour le retenir ; il entra chez Léonie affolée, ne lui parla de rien, vérifia le livre de cuisine et sortit en répétant : « C'est ma faute !... c'est ma faute ! »

Le lendemain matin, à huit heures, Gustave fut mandé chez son père, où il entra, la tête se courbant déjà sous le suif pyramidal qu'il s'attendait à recevoir. Voici ce qu'il entendit :

« Gustave, vous avez vu ce que peut produire le désordre dans les incidents de la vie. Que cela vous serve de leçon. Il faut une règle de conduite en tout. Désormais, vous m'entendez bien, vous prendrez les jours pairs et moi les jours impairs. Allez ! »

TABLE DES MATIÈRES

TABLE DES MATIÈRES

Courbevoie. — Imprimerie E. BERNARD, 14, rue de la Station.

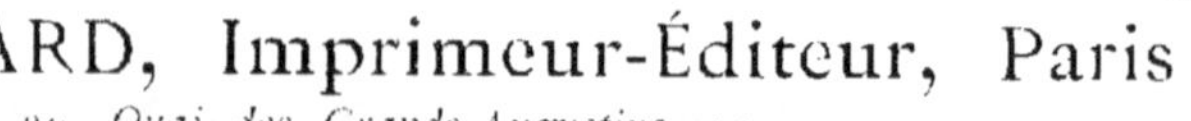

Petite Collection E. Bernard

Cette Collection comprendra 100 volumes.
Couverture en couleur et illustrée en Phototypie.

PRIX DU VOLUME :

60 centimes pour la France ✦ **75** centimes pour l'Etranger.

La *Petite Collection E. Bernard* a produit une véritable révolution dans la librairie, aussi son succès est grand et dépasse toute espérance.

C'est une œuvre de valeur littéraire grâce à l'heureux choix que l'éditeur a su faire des auteurs et par le soin qu'il a apporté à son exécution.

En effet, pour 60 centimes, M. Bernard offre au lecteur un livre élégant et artistique. La couverture en couleur, très originale, les illustrations du texte dessinées par nos artistes les plus connus, — tirées en phototypie, — forment un ensemble des mieux réussi.

Imprimé avec soin, sur beau papier, ce livre est un plaisir pour les yeux qui l'admirent, les doigts qui le feuillettent, et l'esprit qui se délecte à la lecture des meilleures pages de nos écrivains.

Dans l'annonce des volumes parus et devant paraître, le lecteur trouvera la plus grande variété. Le roman historique qui fait revivre les amours et les débauches de nos Rois et de leurs Cours ; le roman moderne aux amours compliquées, plus raffinées et par cela même plus attirantes et plus perverses.

VOLUMES PARUS :

1 Le Collier de Diamants (A. Lepage).
2 Un Baiser de Reine (A. Guignery).
3 Les Maîtresses de François Ier (P. Savernon).
4 La Rose Rouge (A. Guignery).
5 Les Maîtresses de Henri IV (P. Savernon).
6 Le Roman d'une Chanteuse (A. Guignery).
7 La Conscience du Juge (A. Guignery).
8 Une Cour d'Amour (A. Lepage).
9 Le Rêve de Micheline (A. de Miray).
10 Les Maîtresses de Louis XIV (P. Savernon).
11 Une d'Elles (J. Carvalho).
12 Les Maîtresses de Louis XV (P. Savernon).
13 Tragiques Amours (A. Guignery).
14 Princesse de Venise (P. Guédy).
15 Les Sanguivores (G. Azémar).
16 Le Journal d'une Amoureuse (L. Maurecy).
17 La Belle Conspiratrice (A. Guignery).
18 L'Homme-Vierge (1er volume) (G. Azémar).
19 L'Homme Vierge (2e volume) (G. Azémar).
20 Marchands de Chair Humaine (P. Maël).
21 Le Mousquetaire Noir (V. Natal).
22 La Pourpre Sanglante (A. Guignery).
23 La Vie d'un Bohème (R. Verneuil).
24 Bébé, Madame, Monsieur (G. Guitton).
25 Le Roman d'une Ambitieuse (A. Lepage).
26 L'Héroïque Chasteté (R. Bouillerot).
27 L'Amour Commande (L. Maurecy).
28 L'Ogre (G. Guitton).
29 La Maîtresse du Masque de Fer (J. de Kerlecq).
30 Amour Charnel et Amour Ailé (La Fond-Vinsée).
31 La Bande à Chicot (P. Segonzac).
32 Un Voyage de Noces sous la Terreur (P. Fonelli).
33 Le Roman d'une Empoisonneuse (H. Lozerat).
34 Vers la Vengeance (Pierre de Bazillac).
35 Péchés Capiteux (Roland Brévannes).
36 L'Argent volé (Segard).
37 Rivales (L. Maurecy).
38 Jeannette la Française (Camille Piton).
39 Cœur Sanglant (J. Carvalho).
40 Le Chemin du Bonheur (R. Bringer).
41 A Fleur de Rêve, à Fleur de Peau (Forbolis).
42 Le Réveil d'un Cœur (Leprince).
43 Fille de Divorcés (R. Pingrenon).
44 Une Dette Sacrée (Henri Loyson).
45 Une Courtisane sous la Terreur (L. Latourrette).
46 Les Féconcées (G. Azémar).
47 Amour maudit (Guy Vandergnand).
48 Etoile de Ciel de Lit (Roland Brévannes).
49 Perdita (Lepage).
50 L'Amant de la Reine (J. de Kerlecq).
51 La Chevalière Flamberge (Vandergnand).
52 La Petite Marquise (Marius Boisson).
53 Yamine (R. Bouillerot).
54 Un Cadet de Gascogne (Victor Natal).
55 La Vierge Rouge (Gayar).
56 La Fille du Contrebandier (E. Carrance).
57 Le Pépin du Roi (Esquier et de Forge).
58 Le Gardien du Square (M. Dasch).
59 Un drame d'Amour (L. Maurecy).
60 Le Premier Amant (Jean Marc).
61 Miss Eva (Charles Deslys).
62 Une Nuit Montmartroise (Delphi Fabrice).
63 Le Secret de la Mer (E. Lepage).
64 Fatale Passion (P. de Garros).
65 Deux Affaires d'Honneur (O. Pradels).
66 Volupté Fatale (M. Izanet).
67 La Foire aux Voluptés (L. Latourrette).

EN PRÉPARATION :

Le Chevalier Marlo (J. Carvalho).
Un Parisien au Vert (R. Verneuil).
Le Drame de Targeade (F. Battanchon).
Madeleine (J. de la Lande).

Corbeil. — Imp. E. BERNARD, 11-15, Rue de la Station.

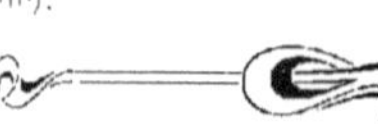

www.ingramcontent.com/pod-product-compliance
Lightning Source LLC
LaVergne TN
LVHW012018220826
846092LV00001B/404

9782329770284